Berta Schmidt-Eller · Silberdistel um Mitternacht

BERTA SCHMIDT-ELLER

Silberdistel um Mitternacht

CHRISTLICHES VERLAGSHAUS GMBH
STUTTGART

2. Auflage 1983
© 1973 Christliches Verlagshaus GmbH, Stuttgart
Umschlagfoto: Hans Goersch, Stuttgart
Gesamtherstellung: Druckhaus West GmbH, Stuttgart
ISBN 3-7675-3199-2

Der Frühling hatte ungewöhnlich zeitig mit Sonnenschein und Wärme seinen Einzug gehalten. So konnte der Geburtstag Kurt Brandstetters am 30. April bereits im Freien gefeiert werden.

Der Garten war voller Duft und Blüten. Über die Brüstung der Terrasse schob der Kirschbaum einen Zweig weißer Blütenbüschel.

Mit zufriedenem Blick musterte Ingrid Brandstetter die festliche Kaffeetafel und wandte sich Frau Bäuerlein, der Aufwartefrau zu: „Zwölf Personen! Ein Glück, daß Mama nicht da ist. Sonst wären wir dreizehn."

Die Angeredete lachte.

„Denken Sie etwa, Frau Brandstetter, Ihre Frau Mutter würde sich an einen Tisch setzen, an dem dreizehn Personen Platz nehmen? Niemals!"

„Sie haben recht, Bäuerlein. Aber wir brauchen uns jetzt keine Gedanken darüber zu machen", antwortete Ingrid und ging ins Haus.

Im ersten Stock flötete Kurt, ihr Mann, falsch, aber sehr vergnügt. Ingrid gab ihm ein Zeichen, daß er herunterkäme, denn da standen auch schon die ersten Gäste in der Diele, unter ihnen Kurt Brandstetters Mutter.

„Marianne kommt etwas später, sie läßt um Entschuldigung bitten", sagte die Mutter nach der herzlichen Begrüßung. „Sie hat mal wieder ein Kind im Kindergarten, um das sie sich sofort kümmern muß. Ihr wißt ja, wie das bei Marianne ist. Sie kann so etwas nicht aufschieben. So ist sie gleich nach Tisch gegangen, obwohl Samstag ist und außerdem Geburtstagsfeier."

Vom Garten her kamen die Kinder gelaufen, die achtjährige Sibylle und Holger, der Fünfjährige.

„Ta Majanne, wo ist Ta Majanne?" riefen beide wie aus einem Munde.

„Sie kommt gleich, Kinder. Jetzt sagt erst einmal guten Tag", mahnte der Vater.

Auch die übrigen Gäste erschienen. Es gab ein lebhaftes Begrüßen. Lachen und Heiterkeit füllte das Haus. Ingrid nötigte alle hinaus auf die Terrasse.

„Bille, Holger, Hände waschen, schnell", gebot sie den Kindern.

„Mutti, ich habe aber eben erst..."

„Ich weiß, Holger, dein ‚eben erst' ist schon ein ganzes Weilchen her. Wer weiß, was du inzwischen angefaßt hast."

„Och, Mutti, nur so 'ne ganz kleine, hübsche Schnecke."

„Puch!" die Großmutter schüttelte sich, indes Ingrid die Kinder in Richtung Wasserleitung drängte.

„Kommst du, Mutter? Die anderen sind schon alle draußen. Ich finde es herrlich, daß wir auf der Terrasse sitzen können."

„Ja, ich auch. Die erste Frühlingssonne sucht und liebt man ja am meisten. Deine Mutter ist noch nicht von der Reise zurück?"

„Sie kommt in den nächsten Tagen."

Die beiden Frauen gingen hinaus, wo sich die übrigen Gäste schon versammelt hatten, und man setzte sich an den Tisch. Über dem Kopf des Hausherrn wippte der Blütenzweig des Kirschbaums. Holger und Sibylle, deren feuchte Hände die eilig vorgenommene Waschprozedur verrieten suchten ihre Plätze.

„Ich will neben Ta Majanne", rief Holger, und Sibylle schrie: „Iiich auch, iiich muß neben Ta Majanne sitzen!"

„Sie ist noch gar nicht da." Ingrid Brandstetter schickte einen verschämten Blick zu der Mutter ihres Mannes. Diese lächelte nachsichtig, gütig, verzeihend. Es war ja durchaus nichts Neues, daß Ingrids Kinder nicht das waren, was man gut erzogen hätte nennen können.

Da erschien Marianne, Kurt Brandstetters Schwester. Holger und Sibylle sprangen fast gleichzeitig auf und bestürmten sie.

„Ta Majanne, zu mir, zu mir, ich will neben dir sitzen!"

Marianne wehrte den kleinen Händen, die sie zu ihrem Platz ziehen wollten.

„Halt, Bille, Holger, heute kommt zuerst der Vati an die Reihe."

Sie nickte der Tischrunde flüchtig zu und löste das Seidenpapier von einem Blumentopf.

„Zwergefeu!" rief Kurt Brandstetter aus, „wie lieb von dir, daran zu denken."

Marianne reichte dem Bruder das Blumentöpfchen, sagte ihren Glückwunsch und fügte hinzu: „Du sagtest neulich, dir fehle so etwas an deiner grünen Wand."

Kurt Brandstetter stand auf, nahm ihr Gesicht in beide Hände und drückte ihr rechts und links einen Kuß auf die Wange.

„Marianne denkt immer an etwas besonders Hübsches. Da hat man sich mal etwas gewünscht und denkt mit keinem Gedanken daran, sie könnte es sich merken", sagte Ingrid und drückte der Schwägerin herzlich die Hand, die nun zur Begrüßung reihum ging.

Die grüne Wand, das Bambusgitter im Herrenzimmer, war Kurts Steckenpferd. Sie reichte bis an die Decke, und an ihren Stäben rankten Columnea, Cyssus und viel Asparagus.

Marianne fand ihren Platz zwischen Bille und Holger. Sie griff munter zu.

Die Mutter fragte nach dem Schützling, der Mariannes Zuspätkommen verschuldet hatte. Sie wehrte ab.

„Was ich da zu hören und zu sehen bekam, paßt nicht in unsere Geburtstagsstimmung. Ich erzähle es dir heute abend, wenn wir allein sind. Man schämt sich fast, daß es einem so gut geht, wenn man so großes Elend sieht."

„Sagst du nicht manchmal, daß es oft selbstverschuldet ist?" fragte Ingrid.

„Gewiß, aber die Kinder, die darunter zu leiden haben, die können nichts dafür. — Jetzt wollen wir lieber dieses Thema lassen, meint ihr nicht auch?" wandte sich Marianne an die Tischrunde. Allzu eifrig nickten sie alle.

„Greift zu", nötigte Ingrid, „da bringt Bäuerlein noch einmal frischen Kaffee."

„Und wenn wir fertig sind mit Kuchenessen" — Holger ließ sich von Ta Majanne eben noch ein Stück auf den Teller schieben — „dann geh'n wir spielen"

Der Garten lockte. Bald tummelten sich alle auf dem Rasen. Marianne verstand es ausgezeichnet, auch die älteren Jahrgänge, wie sie scherzend den Bruder und die Vettern mit ihren Frauen nannte, für Ball- und Reifenspiele zu begeistern. Gerade sollte ein neues Spiel begonnen werden, da nahm Kurt Brandstetter seine Frau beiseite.

„Heute abend kommt noch ein Kollege vom Geschäft", sagte er, „laß Bäuerlein ein Gedeck mehr auflegen."

„Zum Abendessen kommt er?" Ingrids Augen wurden groß. Sie überlegte schnell. „Hm, weißt du, dann möchte ich die Kinder ins Bett schicken"

„Aber nein, Schatz, das darfst du nicht. Wir haben ihnen versprochen, daß sie heute zum Abendessen aufbleiben dürfen."

„Hm — ja — aber —"

„Was denn ‚aber'?"

Die junge Frau zögerte ein Weilchen, schob ihre Hand unter das Revers seiner Jacke und sagte schließlich: „Dann sind wir dreizehn."

Der Mann mußte sich Mühe geben, ruhig zu bleiben. Er faßte nach ihren Handgelenken und sah sie ernst an: „Mußt du immer wieder mit solchem Unfug kommen?"

„Du nennst es Unfug, ich weiß — ach Kurt."

„Es ist Unfug! Wir wollen jetzt nicht darum streiten. Mach bitte nicht solch ein Leichenbittergesicht."

Ingrid senkte den Kopf. Ihr war, als habe sich der helle Tag plötzlich verdunkelt. Sie wußte, es gab keinen Ausweg. Kurt würde zu keinem Kompromiß bereit sein. Dreizehn Personen würden heute abend am Tisch sitzen.

Hätte ich es doch mit List angefangen, dachte sie. Jetzt, da er weiß, daß es um eine abergläubische Sache geht, läßt er nicht mit sich reden. Ingrid war, als lege sich ein Ring um ihr Herz und presse es zusammen. Sie konnte den Druck nicht loswerden, der sie bei dem Gedanken an den dreizehnten Gast befallen hatte.

Kurt Brandstetter versuchte seinen Ärger hinunterzuschlucken.

Aber die Mutter sah die Falte zwischen seinen Augenbrauen. Leicht strich sie mit dem Zeigefinger darüber, schüttelte den Kopf und sagte nur: „Ei, ei."

Der Sohn lächelte etwas krampfhaft.

„Man sollte sich wirklich nicht ärgern an einem solchen Tag", entschuldigte er sich, „zumal der Grund äußerst lächerlich ist. Ingrid fürchtet den dreizehnten Gast, den wir heute abend haben werden."

Frau Brandstetter kam nicht zu einer Entgegnung, Bille stürmte heran.

„Vati, komm! Wir brauchen dich zum Mitspielen! Ta Majanne hat ein ganz feines Spiel. Aber du mußt mitmachen, sonst geht es nicht. Komm bitte schnell!"

Das Mädchen zog den Vater mit sich fort. Er wandte sich im Gehen zurück und sah die Mutter an. Sie schaute ihm heiter und liebevoll nach.

Marianne hatte alle ins Spiel einbezogen. Rufen und Lachen klang durch den Garten. Aber das lustige Spiel und später die heiterste Unterhaltung konnten den Schatten nicht verscheuchen, der über Ingrids Seele lag. Immer wieder mußte sie denken: Dreizehn am Tisch! Wenn das Mama erfährt, das gibt ein Lamento.

Daß Mama es erfahren würde, war sicher. Sie würde fragen, wer alles zur Geburtstagsfeier gekommen sei. Daß man nichts verheimliche, dafür sorgten schon Bille und Holger. Und dann würde Mama anfangen zu orakeln, sie würde Vorwürfe machen noch und noch, weil sie, Ingrid, nicht verhindert hatte, daß dreizehn am Tisch saßen. Die Sorge, was Mama sagen würde, kam zu ihrem eigenen unguten Gefühl noch hinzu.

Am Abend war der Tisch im Wohnzimmer gedeckt. Kurt Brandstetter sprach das Tischgebet: „Komm, Herr Jesu, sei unser Gast..."

Nach dem Amen neigte sich die Mutter zu Ingrid und sagte leise: „Nun haben wir den vierzehnten Gast am Tisch. Du brauchst also nichts zu fürchten."

Die junge Frau lächelte matt.

Vier Tage später kam Ingrids Mutter, Frau Misgeld, von der Reise zurück. Die Tochter hatte mit Bäuerlein zusammen die beiden Zimmer ihrer Mutter im ersten Stock auf Hochglanz gebracht. Frisch gewaschen wehten die Gardinen im Zugwind, als die Tür aufging.

„Anstrengend war die Kur", sagte Frau Misgeld und sank in den Sessel. Aber gleich sprang sie wieder auf.

„Ich habe eigentlich am Samstag hier sein wollen, zu Kurts Geburtstag. Aber dann hätte ich zwei Bäder versäumt, und der Kurarzt meinte, es sei so nötig, daß ich die Bäder noch nähme."

„Hoffentlich haben sie eine gute Wirkung", meinte die Tochter. „Ich habe unten für uns gedeckt. Du trinkst, wie gewöhnlich, Tee?"

„Ja, natürlich! Ich wüßte nicht, was ich sonst trinken sollte."

Ingrid sagte nichts. Sie schluckte, obwohl sie nichts im Munde hatte. Frau Misgeld ließ das Kofferschloß aufspringen und machte keinerlei Anstalten, der Aufforderung zum Teetrinken Folge zu leisten.

„Mama", fast schüchtern begann Ingrid zu mahnen, „wollen wir nicht erst hinuntergehen? Du brauchst gewiß eine Erfrischung nach der langen Fahrt."

Die alte Dame schien nicht gehört zu haben. Sie kramte ein wenig im Koffer und brachte ein Päckchen zum Vorschein.

„So, das ist für dich. Kurt bekommt eine Krawatte." Sie wühlte den Inhalt des Koffers durcheinander und fand endlich, was sie gesucht hatte.

„Für Bille und Holger habe ich ein Würfelspiel mitgebracht. Sie müssen endlich einmal anfangen, etwas zu spielen, wobei sie nicht so sehr toben."

Ingrid hatte inzwischen ihr Päckchen ausgepackt. Das Seidenpapier hatte eine kostbare, handgearbeitete Seidenbluse verhüllt.

„Mama! Wie entzückend!" Ingrid umarmte die Mutter stürmisch.

„Schon gut, schon gut", lächelte Frau Misgeld, „du bist doch meine Einzige, nicht wahr?" Sie gingen zusammen hinunter.

Es regnete in Strömen, so daß die Kinder im Haus bleiben mußten. Sie hatten in ihrer Spielecke im Wohnzimmer ein tolles Durcheinander. Das mitgebrachte Würfelspiel betrachteten sie kritisch.

„Nachher zeige ich euch, wie es gespielt wird", erklärte die Großmama.

Ingrid schenkte den Tee ein.

„Nun erzähl mal. Wie war es am Samstag. Habt ihr nett gefeiert?"

„O ja, sehr nett. Die Sonne schien so warm, da konnten wir draußen sein."

„Wer war denn alles da?"

„Nimm noch von den Plätzchen", versuchte Ingrid abzulenken.

„Danke, sie sind vorzüglich. Selbst gebacken? Oder Bäuerlein?"

Ingrid tippte sich an die Brust.

„Ja, also die ganze Verwandtschaft deines Mannes war sicher vertreten", kam Mama auf die Geburtstagsfeier zurück.

„Naja, du weißt, Mutter und natürlich Marianne, Vetter Franz mit seiner Frau — sag mal, ist der Tee heiß genug? Ich glaube, ich habe ihn zu früh aufgebrüht."

Ingrids Ablenken hatte das Gegenteil zur Folge. Mama

ließ nicht locker, weil sie hinter Ingrids Zögern richtig vermutete, daß ihr etwas verheimlicht werden sollte. Und dann hatte sie es herausgefragt. An den Fingern zählte sie nach, einmal, noch einmal. Sie starrte ihre Tochter an.

„Dreizehn — seid ihr tatsächlich zu dreizehn bei Tisch gewesen?"

„Nur beim Abendessen", gab Ingrid zu.

„Und du hast es nicht verhindert?"

Ingrid hob die Schultern.

Frau Misgeld schüttelte den Kopf. Sie sah die Tochter an, schaute zum Fenster hinaus, dann wanderten ihre Augen durch die offene Tür zum Herrenzimmer. Sie blieben an der grünen Wand hängen, wurden weit, dann stieß sie einen Schrei aus.

„Barmherziger Himmel!" Die Hände vors Gesicht schlagend, murmelte Frau Misgeld gebrochen: „Das — ist — der — Tod!"

Ingrid hatte die Teetasse abgesetzt.

„Mama, was ist dir?"

Mama ließ die Hände sinken. Ihr Gesicht war ganz weiß.

„Dreizehn am Tisch — wer in aller Welt hat euch den Zwergefeu ins Haus gebracht?"

„Den Efeu?" Ingrid sah nun auch zur grünen Wand hinüber, an der Mariannes Geburtstagsgeschenk neben den anderen Ranken grünte.

„Marianne hat Kurt den Efeu zum Geburtstag geschenkt. Er hat sich so etwas gewünscht, und er hat sich sehr darüber gefreut."

Mama hatte sich zurückgelehnt und schaute die Tochter an, wortlos, mit einem unergründlichen Blick, der der jungen Frau das Blut in die Wangen trieb.

„Das Unglück, oh, das Unglück! Wie konnte Marianne

nur!" Mama schüttelte den Kopf immer wieder und bot einen Anblick völliger Verwirrung und Ratlosigkeit.

„Was ist denn mit dem Efeu, Mama? Du machst dir sicher wieder einmal Sorge um Dinge, die es gar nicht gibt."

Das hätte Ingrid nicht sagen dürfen.

„So, Dinge, die es nicht gibt. Ja, ich weiß. Trotz aller Erfahrungen, die wir in früheren Jahren zusammen gemacht haben, glaubst du deiner alten Mutter nicht mehr."

Ingrid machte einen vergeblichen Versuch, ihre Mutter zu unterbrechen.

„Ja, es ist so", fuhr diese fort. „Oh, ihr seid so modern, und dein Mann weiß alles besser! Gib es nur zu, daß du nichts mehr von mir wissen willst! Ach, daß ich mich endlich einmal damit abfinden könnte, daß du nicht mehr mir gehörst, sondern deinem Mann!"

„Mama", Ingrids Stimme klang flehentlich, „bitte sag doch so etwas nicht. Du bist bei uns und hast mich fast noch immer so, als wenn ich überhaupt nicht verheiratet wäre."

„Als ob es das wäre, das äußerliche Beisammensein. Du hast dein Herz von mir abgewendet."

„Nein, Mama, wie kannst du nur so etwas behaupten!"

„Ingrid", welch feierlichen Ernst die alte Dame an den Tag legte, „ich weiß, du glaubst mir nicht mehr, so wie du mir früher geglaubt hast. Ich weiß, du gehst ebenso leichtfertig und gleichgültig über Dinge hinweg, die uns Glück und Unglück anzeigen. Ja, es ist so. Du brauchst den Mund nicht so spöttisch zu verziehen."

„Das tue ich ja gar nicht."

„Du verlachst mich, so wie dein Mann und seine Familie über mich und meine Ansichten lachen. Darum behalte ich für mich, was diesem Hause droht, was dir, meiner Tochter, droht, was sich da angekündigt hat — still, sei still! Ich trage es allein, wie ich schon so manches allein getragen und durchgestanden und durchgebangt habe! Oh, ich unglückliche, alte Frau!"

Ingrid hätte nur zu gern wie ihr Mann über Mamas abergläubische Furcht vor hunderterlei Dingen gelacht. Leider gelang es ihr nicht. Es gab manches, was Gutes verhieß, was eine glückliche Bedeutung hatte. Daran glaubte Ingrid immer noch sehr gern, obwohl Kurt Brandstetter, seine Mutter und seine Schwester Marianne während der neun Jahre, die sie mit Kurt verheiratet war, sich unablässig gemüht hatten, ihr die Sinnlosigkeit, ja, die Gottlosigkeit dieses Aberglaubens klarzumachen. In dem Augenblick, da Mama mit irgendeiner abergläubischen Weisheit herauskam, gleichviel, ob glücklicher oder unglücklicher Bedeutung, wurde Ingrid davon eingefangen und damit in ihrer Abwehr wankend.

Auch jetzt fühlte sie die Furcht vor dem Unbekannten, vor dem Unheil, das Mama angedeutet hatte, in ihrem Herzen aufsteigen.

"Mama, ich bitte dich, sprich nicht so. Du bist doch meine Mama! Eben hast du noch gesagt, ich sei deine Einzige, und das bin ich und bleibe ich immer! Sag mir, was dich quält! Ich bitte dich, sag's! Ich will dich nicht allein lassen. Du brauchst nicht einsam zu sein. ‚Das ist der Tod', was soll das bedeuten? Du sollst noch nicht sterben! Wovor fürchtest du dich?"

Ingrid war aufgestanden, hatte den Arm um die Schulter der alten Dame gelegt und sie fest umschlossen. Frau Misgeld hielt die Hände im Schoß und sah mit abwesendem Blick geradeaus ins Leere.

Die junge Frau kannte solche Stimmungen bei Mama nur zu gut. Sie seufzte ein wenig und setzte sich wieder.

"Damals kam der Zwergefeu in unser Haus —", flüsterte

Mama tonlos, „ich wollte es nicht glauben. Man will es nie glauben. Und dann —"

„Was ‚dann', Mama, was ‚dann'? Sag doch!"

Die alte Dame nickte nur. Ihr ganzes Wesen war von Geheimnis umwoben. Angstvoll starrte Ingrid die Mutter an.

„Dann — kam — der — Tod."

Ingrid wahrte mühsam ihre Fassung.

„Mama, das ist doch nicht möglich. Wer soll denn —" Das Wörtchen „Tod" oder „sterben" wollte der jungen Frau nicht noch einmal über die Lippen.

„Der den Efeu bekam." Leise, mühsam brachte Mama die Worte heraus.

Ingrid schluckte. Es stieg ihr heiß in die Augen, und zugleich legte es sich wie ein Reifen um ihre Brust.

„Das kann nicht wahr sein, das kann nichts zu bedeuten haben. Kurt hat sich den Efeu gewünscht! Wenn er das hören würde — der T —" Auch jetzt sprach sie das Wort nicht aus.

„Gewünscht oder nicht gewünscht", sagte Mama dumpf, „wer den Zwergefeu bekommt — ach Kind, du wirst es noch früh genug erfahren, es hat seine Bedeutung."

„Spanne mich nicht so auf die Folter, Mama." Ingrid schwankte zwischen Angst und Ärger, „Kurt wird darüber lachen. Ach, ich darf ihm das gar nicht sagen! Es ist Unsinn, wie alles andere auch, die Katze über dem Weg und so..."

Mama schien nicht zu hören, was ihre Tochter sagte. Sie saß in tiefer Versunkenheit, sprach wie zu sich selber, ohne Ingrid anzusehen: „Und doch ist es besser, sie weiß es, dann trifft es sie nicht ganz unvorbereitet", und deklamierte mit feierlichem Ernst:

> „Auf wessen Tisch Zwergefeu steht,
> muß sterben, eh ein Jahr vergeht."

„Mama, hör auf, das ist furchtbar!"
Jetzt gab es Lärm in der Spielecke.
„Nein, nein, nein, nein! Ich bin dran, ich bin dran! Du hast schon zweimal!"
„Du bist — du bist — weißt du, was du bist? Du bist eine olle böse Trine!"
Ingrid sprang auf und versuchte die kleinen Streithähne zu beruhigen. Es war vergebliches Mühen. Sie schrien durcheinander und gingen mit den kleinen Fäusten aufeinander los, ohne sich um die Schläge zu kümmern, die die Mutter unbeherrscht austeilte.
„Was ist denn hier los?"
Das war der Vater. Kurt Brandstetter kam gerade zur rechten Zeit. Ohne erst Mama zu begrüßen, trat er zu den Kindern, und was die Mutter mit Schlägen nicht vermocht hatte, bewirkte sein bloßes Erscheinen. Der Friede war im Handumdrehen hergestellt.
Er gab seiner Frau die Hand, über ihre Hilflosigkeit den Kindern gegenüber nachsichtig lächelnd, und wandte sich dann Mama zu.
„Entschuldige, Mama, bei diesem Lärm konnte ich dich unmöglich begrüßen." Er begegnete ihrem merkwürdigen Blick, schaute an sich herunter und sah seine Frau fragend an: „Habe ich etwas an mir? Etwas Auffallendes oder Absonderliches? Mama schaut mich so prüfend an."
Frau Misgeld hatte nur flüchtig die Fingerspitzen in die Hand des Schwiegersohnes gelegt. Sie stand auf. Ihre Bewegungen waren steif. Mit einem schiefen Lächeln sagte sie: „Du entschuldigst mich wohl, Kurt. Die Reise hat mich angestrengt. Ich gehe hinauf und werde mich etwas hinlegen."
Ingrid begleitete die Mutter die Treppe hinauf.
„Mama", flüsterte sie hastig, „Kurt darf das nicht erfah-

ren — du weißt ja. Er würde darüber bestimmt sehr böse werden."

An der Tür ihres Zimmers wandte sich Mama um. Ihre Augen schwammen in Tränen.

„Kind, es muß etwas geschehen — es gibt ein Mittel — ach —"

Unten ging die Wohnzimmertür.

„Ja, ja, Mama, wir sprechen noch darüber!"

Ingrid blätterte im Lexikon.

„Sie — erra — Sigismund —", der Finger glitt an den fettgedruckten Leitworten entlang, sie blätterte weiter, vor sich hinmurmelnd: „Signal —", der Finger fuhr schnell über einige Worte hinweg, dann kam, was sie suchte: „Silber — Silberdistel, eine Eberwurz. s. d."

Ja, so war es oft, wenn sie im Lexikon etwas nachschlagen wollte. Immer stand es irgendwo an anderer Stelle, was sie wissen wollte. Sie holte den Band A—K und blätterte von neuem.

Dann las sie: „Eberwurz, distelähnliche Korbblütergattung Europas und Nordasiens, z. B. in Europa die ausdauernde Stengellose E. (Silberdistel), und die auf steinigem Grasland in Höhenlagen heimische, steif aufrechte, meist zweijährige Gemeine E. (Donnerdistel, Golddistel, Aschwurz)."

Sie schlug das Buch zu und sagte ärgerlich: „Da weiß ich genausoviel wie vorher, nämlich nichts!"

Ehe sie jedoch das Buch wegstellte, blätterte sie noch einmal, las die wenigen Zeilen über die Eberwurz zum zweiten Mal und schob den Band dann erst in die Lücke der Bücherreihe im Schrank zurück.

Mama hatte gesagt, die einzige Möglichkeit, das drohende Unglück, das der Zwergefeu heraufbeschworen habe, zu bannen, sei eine Silberdistel. Besonders wirksam werde sie sein, wenn sie um Mitternacht bei Vollmond gepflückt sei. Sie wußte sogar einen Vers dazu.

Nicht einmal eine Abbildung von dieser Pflanze war im Lexikon. Wie sollte man an eine Silberdistel kommen, wenn man nicht wußte, wie sie aussah? Mit dem, was da im Lexikon stand, wußte Ingrid so gut wie nichts anzufangen.

Oben im ersten Stock surrte der Staubsauger. Mama bearbeitete die Polstermöbel und den Teppich, obwohl sie genau wußte, daß erst vor ein paar Tagen alles gründlich geputzt worden war.

Ingrid lief hinauf.

„Mama", sie mußte sehr laut sprechen, um den Staubsauger zu übertönen, „weißt du, wo Silberdisteln wachsen?"

Frau Misgeld atmete innerlich auf.

„Nein, ich habe noch nie eine gesehen", schrie sie zurück.

„Aber du sagtest — Mama — stelle nur einen Augenblick den Staubsauger ab." Die junge Frau zog unwillig den Stecker heraus. Mit einem dumpfen Surren verstummte das Gerät.

„Was soll das heißen, Kind?"

„Erstens haben wir gerade alles abgesaugt, Bäuerlein und ich. Und dann, begreifst du nicht, ich muß wissen, wie man an eine Silberdistel kommt. Und kann man sich etwa unterhalten, wenn du mit dem Ding da herumwirtschaftest?"

„Erst lachst du und willst nichts glauben und sagst, es sei alles Unsinn —"

„Man kann so etwas nicht einfach glauben — ‚muß sterben, eh ein Jahr vergeht' —, es läßt mir aber auch keine Ruhe mehr."

„Du brauchst es nicht zu glauben, Ingrid. Hätte ich nur nichts gesagt." Sanft und traurig sprach die alte Dame. „Damals, bei meiner Schwägerin, da habe ich es auch nicht glauben wollen."

„Wenn du es wußtest, daß eine Silberdistel hilft, warum hast du keine geholt?"

„Damals wußte ich von der Silberdistel noch nichts."

Frau Misgeld stellte den Staubsauger wieder an. Das Surren ging Ingrid auf die Nerven. Sie fühlte sich unsicher, bedroht. War nicht oft eingetroffen, was Mama prophezeit hatte nach angeblich untrüglichen Anzeichen? Kurt hatte für alles vernünftige Erklärungen, und was hatte Marianne neulich gesagt? Ingrid entsann sich gut des Gespräches.

„Du möchtest das eine tun und das andere nicht lassen. Wenn deine Mutter Unheil prophezeit, möchtest du darüber lachen und klammerst dich an meine vernünftigen Erklärungen. Kommt aber ein Schornsteinfeger die Straße daher, steuerst du gleich wieder mit vollen Segeln in das Fahrwasser des Aberglaubens und rufst: ‚Ein Schornsteinfeger! Heute habe ich Glück!' und glaubst fest daran. Deshalb haben die Orakel deiner Mutter solche Macht über dich." Ingrid fühlte, die Schwägerin hatte recht. „Mit den kleinen harmlosen Dingen, Schornsteinfeger und toi — toi — toi reichst du dem Teufel den kleinen Finger, und ehe du dich versiehst, hat er die ganze Hand", so sagte Marianne.

Vielleicht war alles Unsinn. Sie wollte nicht daran denken, sie wollte es nicht mehr glauben. Aber sie kam nicht an gegen die Furcht, die durch den schrecklichen Reim geweckt war, gegen Furcht und Sorge, die sie beherrschten.

In verzweifelter Abwehr wandte sie sich zur Tür.

„Ach, es ist ja alles Unsinn!"

Jetzt war es Mama, die den Stecker herauszog. Sie vertrat

der Tochter den Weg. Die Hände in die Hüften gestützt, funkelte sie Ingrid mit zornigen Augen an: „Unsinn, natürlich ist alles Unsinn, was ich alte Frau sage. Da haben wir's ja wieder! Wer wird schon noch auf seine Mutter hören! Kurt weiß das alles ja viel besser. Kurt lacht ja darüber!

So klein warst du", die Mutter zeigte mit den Händen etwa zwanzig Zentimeter, was entschieden zu klein war, „so klein, sag' ich. Dein Papa lief im Zimmer auf und ab und jammerte: ‚Doktor, retten Sie mein Kind!' Bin ich es nicht gewesen, die dich gepflegt und auf den Armen gewiegt hat? Bin ich es nicht gewesen? Hier mit diesen Händen habe ich drei Kerzen angezündet, als es Mitternacht schlug. Und meine Lippen haben die Sprüche gemurmelt eine ganze Stunde lang, wie ich es von meiner Großmutter gelernt hatte, bis die Gefahr vorüber war."

„Mama!"

„Mama, ja, Mama und niemand anders als deine Mama war es. Und dann, als du den bösen Husten hattest — warum mußtest du ihn bekommen? Weil man meine Warnungen nicht beachtet und ausgerechnet in den zwölf heiligen Nächten dein Nachthemd mitgewaschen hat — ja, also, was wollte ich eigentlich sagen? So, auf den bösen Husten kannst du dich wohl noch besinnen, wenn du auch noch klein warst. Wer hat gewacht und ist aufgestanden, alle Stunden in der Nacht und hat die Bösen —"

Beschwörend hob Ingrid die Hände. Aber die alte Dame war so aufgebracht, daß die Tochter nicht zu Wort kommen konnte.

„Ja, die Bösen gescheucht, wenn du und dein Mann und seine ganze Sippe so etwas auch nicht wahrhaben wollen und alles Unsinn nennen. Ich weiß, was ich weiß und habe mit euren neumodischen Erklärungen nichts zu tun. Stimmt es etwa nicht, daß drei Nächte hintereinander das Käuzchen geschrien hat, ehe Papa starb? Es war kurz vor deiner Heirat, du wirst dich daran noch erinnern, du kannst es unmöglich vergessen haben, wie wir auf das Ticken der Totenuhr gelauscht haben."

„Hör auf, Mama, hör auf!" Ingrid hielt sich die Ohren zu.

Mama gab die Tür frei. Sie rief der Davoneilenden nach: „Unsinn ist alles, Unsinn. Aber sehen soll ich, wo es eine Silberdistel gibt!"

Ingrid machte sich in der Küche an ihre Arbeit. Sie war so ratlos, so verzagt. Wenn man mit jemand anders als nur mit Mama darüber hätte reden können! Kurt kam nicht in Frage. Ganz abgesehen davon, daß es ihn selbst betraf, wagte sie nicht, ihm mit diesen Dingen zu kommen. Im Anfang ihrer Ehe hatte er sie deswegen ausgelacht, später war er ernstlich böse geworden, und schließlich hatte er ihr verboten, mit Mama über derartige Dinge zu sprechen. Wie böse wurde er, wenn sie in einer Zeitschrift das Horoskop las oder wenn ihr einmal eine abergläubische Bemerkung entschlüpfte!

Das Verbot, das die Mutter betraf, war nicht einzuhalten. Mama kümmerte sich nicht darum, obwohl ihr Kurt zwar höflich, aber sehr bestimmt gesagt hatte, er wünsche nicht, daß sie seiner Frau mit ihren abergläubischen Ideen komme.

„Deine Frau?" Mama hatte die Achseln gezuckt und mit einem spöttischen Lächeln gemeint: „Ingrid ist und bleibt meine Tochter, auch wenn sie deine Frau geworden ist."

Nein, ihrem Mann konnte sie nichts sagen. Bei ihm konnte sie ihr Herz nicht erleichtern, was diese Sache anging. Blieb Marianne, mit der sich so gut über alles sprechen ließ. Aber war es nicht kränkend, wenn man der so freundlich ausgesuchten Geburtstagsgabe eine so arge Bedeutung unterstellte? Mochte Marianne auch großzügig sein, würde sie sich nicht doch ein wenig verletzt fühlen? Oder würde sie, klug und gütig und liebevoll wie sie war, die schlimmsten Sorgen, die größte Furcht eindämmen, mit einem Lächeln und mit einer Mahnung, die man sich von ihr am ehesten gefallen ließ?

„Unsinn, Unsinn, Unsinn", murmelte Ingrid vor sich hin, und zugleich faßte sie den Entschluß, etwas gegen das drohende Unheil zu tun. Schaden konnte es nicht, wenn auch wirklich alles Unsinn war.

Zum Mittagessen kam Kurt Brandstetter für gewöhnlich nicht nach Hause. Mama nahm diese Mahlzeit mit der Tochter und den Kindern unten ein. Sibylle und Holger merkten nichts von der Mißstimmung, die zwischen den Großen herrschte.

Bille, die kürzlich das dritte Schuljahr begonnen hatte, erzählte: „Mutti, wenn morgen schönes Wetter ist, gehen wir mit der Lehrerin spazieren. Da muß ich einen Rucksack haben."

„Einen Rucksack? Für einen Spaziergang einen Rucksack?"

„Ja, ich muß doch Butterbrote mitnehmen und Bonbons und Äpfel oder Bananen und Apfelsinen und was zu trinken."

„Wie lange bleibt ihr denn fort?"

„Bis — vielleicht bis elf Uhr — oder bis zwölf."

„Aber Bille, dafür brauchst du keinen Rucksack voll Butterbrote."

„Wenn ich nun Hunger kriege? Das Fräulein hat gesagt,

wir sollen uns genug zu essen mitbringen, weil man an der frischen Luft viel Hunger bekommt."

„Ich will auch einen Rucksack, wenn Bille einen hat", meldete sich Holger.

„Ach du, du gehst überhaupt noch nicht in die Schule, du brauchst noch gar nichts, keine Schultasche —"

„Na, nun fangt nicht an zu zanken, Kinder. Ich gehe nachher in die Stadt, da bringe ich dir eine Umhängetasche mit."

„Und ich? Ich kriege gar nichts!" Holger verzog das Gesicht.

Ingrid schalt ungeduldig: „Heul nicht, du willst ein großer Junge sein? Ich kaufe dir auch etwas. Ich werde schon etwas für dich finden."

„Die Tasche muß aber groß sein, Mutti, damit viel hineingeht."

Mama, die schweigend gegessen hatte, sagte jetzt: „Ich gehe nachher zur Stadt. Da kann ich die Tasche mitbringen."

Ingrid sah die Mutter überrascht an.

„Die Tasche möchte ich gern selbst kaufen. Könntest du nicht heute wegen der Kinder zu Hause bleiben?"

„Nein, ich gehe heute."

Ingrid wußte, wenn Mama in diesem Ton sprach, war sie nicht umzustimmen. Sie war vom Vormittag her noch verärgert. Man mußte warten, bis ihr Unmut vorüber war.

Ingrid dachte ihrerseits ebensowenig daran, auf den Weg zur Stadt zu verzichten. Die Tasche gab ihr den gewünschten Grund, heute zu gehen. Sie hatte sich überlegt, daß man einmal in einem Blumengeschäft nach einer Silberdistel fragen könnte. Es gab so viele merkwürdige Pflanzen in dem großen Geschäft Ecke Alleestraße und Fürstenwall. Würde man ihr nicht auch eine Silberdistel besorgen können, falls sie nicht vorrätig war? Sie wollte die Sache so bald wie möglich in Angriff nehmen. Eine kleine Beruhigung würde ihr diese Distel auf jeden Fall geben, wenn sie auch nicht um Mitternacht bei Vollmond gepflückt wäre.

Ohne die Mutter anzusehen, sagte sie: „Gut, wenn du deine Besorgung, oder was du vorhast, nicht aufschieben kannst, so schicke ich Sibylle mit einem Zettel zu Bäuerlein. Sie kommt bestimmt und achtet auf die Kinder."

„Na also, es geht ja auch ohne mich", meinte Mama.

Ehe Ingrid etwas erwidern konnte, verließ sie das Zimmer.

Heute hatte Ingrid keine rechte Freude an den schönen Auslagen der Schaufenster, am Sonnenschein und dem lebhaften Treiben der breiten Hauptstraße der Stadt. Die gewünschte Tasche hatte sie bald gefunden. Nun strebte sie dem großen Blumengeschäft zu. Sie blieb erst eine Weile vor dem Schaufenster stehen. Flieder und Rosen, Nelken und Mandelzweige standen in großen Vasen, eine Fülle von Blüten und Farben. Wie ein Riesenbeet wirkten die Topfpflanzen im Hintergrund des Fensters. Zwischen weißen Kieseln waren Kakteen zu einem Miniaturgarten geordnet.

Eine Welle betäubenden Duftes schlug ihr entgegen, als sie die Tür zum Laden öffnete. Eine Verkäuferin, die einem jungen, eleganten Mann langstielige Nelken aus einer Vase zupfte, nickte ihr zu.

„Moment bitte."

Ingrid hatte es nicht allzu eilig. Sie blieb einen Augenblick vor einer Vase heller Orchideen stehen, dann wandte sie sich tiefer in den Laden und sah sich plötzlich in einem hohen Spiegel und hinter sich in eben diesem Spiegel einen Kranz, aus roten und weißen Nelken gewunden. Erschrocken drehte sie sich um und sah, daß sie in die Abteilung für Kränze geraten war. Schnell lief sie nach der anderen Seite. Ihr Blick glitt über die Vielfalt der Schnittblumen und Topfpflanzen. Sie wehrte sich gegen das unangenehme Gefühl, das die Kränze in ihr geweckt hatten, und sie besann sich, aus welchem Grunde sie hier war. Blüten gab es, das stellte sie fest, die sie noch nie oder doch nur flüchtig im Fenster der Blumengeschäfte gesehen hatte, Blumen, deren Namen sie nicht kannte. Vielleicht war eine Silberdistel dabei. Dort drüben, die leuchtenden Blüten mit den silberweißen Kelchen, konnten sie nicht Silberdisteln sein?

„Womit kann ich dienen?" hörte sie neben sich eine junge Verkäuferin fragen.

„Ich möchte —", Ingrid machte eine kleine Pause. „Silberdisteln."

„Silberdisteln?" Die Verkäuferin war offensichtlich verwundert.

„Nun ja, Silberdisteln — so etwas gibt es doch." Ingrid hätte beinahe hinzugefügt, es stehe ja im Lexikon.

„Ich glaube schon. Entschuldigen Sie bitte einen Augenblick."

Die Verkäuferin ging zu einer Kollegin und sprach leise mit ihr.

Dann kamen beide zusammen auf Ingrid zu.

„Wollen Sie bitte einen Moment Platz nehmen? Ich werde mich beim Chef nach dem botanischen Namen erkundigen."

Ingrid verwünschte ihren Entschluß. Aber jetzt konnte sie nicht einfach davonlaufen, was sie am liebsten getan hätte. Da hörte sie hinter einem Philodendron, der ihr die Sicht nach der anderen Seite des großen Verkaufsraumes wehrte, eine Stimme sagen: „Merkwürdig, hier ist eine Kundin, die auch nach einer Silberdistel fragt."

Mama, durchzuckte es Ingrid. Ehe sie jedoch aufspringen und zur Tür eilen konnte, stand der Geschäftsführer vor ihr.

„Ich bedaure sehr, gnädige Frau, Ihnen nicht dienen zu können. Silberdisteln wachsen wild im Gebirge. Sie blühen im September und stehen unter Naturschutz. Ich will mich jedoch gern bemühen. Wünschen Sie die Pflanze zu einer bestimmten Gelegenheit?"

Da tauchte Mama hinter dem Philodendron auf.

„Danke, nein, so wichtig ist es nicht." Ach, wie wichtig es doch war! Ingrid verließ fluchtartig den Laden, bog um die Ecke und lief Mama gerade in die Arme, die durch die Tür nach der anderen Straße hin aus dem Geschäft trat. Sie sahen sich an, ohne ein Wort zu sagen. Wie traurig war Mama! Eine Weile gingen sie schweigend nebeneinander in dem Strom der eiligen Menschen. Mama sah auf das Pflaster nieder. Ingrid schaute geradeaus.

An einem Café, das seine Tische unter bunten Sonnenschirmen auf der Straße zwischen Efeugittern hatte, sagte Frau Misgeld: „Komm, ich spendiere dir einen Eisbecher."

Sie setzten sich an einen kleinen Tisch einander gegenüber. Die hellen Frühlingskleider der Leute, der Sonnenschein, der durch die noch kahlen Äste der Linden auf die bunte Tischdecke fiel, die zur Schau getragene Heiterkeit und Unbeschwertheit der Menschen ringsum an den Nachbartischen, nichts vermochte den trüben Sinn der jungen Frau zu erheitern. Mutlos, verzagt bis in den innersten Winkel ihres Herzens, schaute sie teilnahmslos dem frohen, bunten Treiben zu.

Während Ingrid ihr Eis löffelte, griff Mama plötzlich über

den Tisch hinweg nach ihrer Linken. Mit dem Finger strich sie über die sieben kleinen Warzen, die sich zwischen den Fingerknöcheln auf Ingrids linkem Handrücken angesiedelt hatten.

„Diese häßlichen Dinger könntest du längst los sein", sagte Mama, die Hand freigebend.

Ingrid nickte errötend, verlegen. „Ja, Kurt meinte auch, ich solle sie bei Doktor Dunker, dem Hautarzt, entfernen lassen. Es sei eine Kleinigkeit und geschehe auch schmerzlos. Aber ich habe es immer wieder aufgeschoben."

„Doktor Dunker — haha. Schmerzlos! Ich kann dir dafür garantieren, daß ich es schmerzlos mache. Aber dein Mann will ja nicht dulden, daß ich dir die Warzen entferne. Hokuspokus nennt er das."

„Nun ja, Mama —" Der Kellner brachte Mamas Tee, und Ingrid verstummte. Dann, weiter ihr Eis löffelnd: „Mama, ich möchte wissen, wie du das machen willst."

„Behalte deine Warzen meinetwegen oder laß dich von Doktor Dunker quälen, mein Kind. Ich will keine Auseinandersetzung mit deinem Mann."

Um Mama sanfter zu stimmen, machte Ingrid Konzessionen.

„Wenn du denkst, es hilft, kannst du es ja versuchen. Kurt brauchen wir davon nichts zu sagen."

„Na also, Ingrid. Wir haben ja auch sonst noch ein Geheimnis miteinander."

Ingrid nickte. Es war ihr nicht wohl bei dem Gedanken an diese Heimlichkeit.

Frau Brandstetter, Ingrids Schwiegermutter, ließ sich nicht oft bei den Kindern sehen.

„Es fördert die verwandtschaftlichen Beziehungen außerordentlich", pflegte sie zu sagen, „wenn man sich nicht zu häufig sieht."

Etwa sechs Wochen nach dem Geburtstag ihres Sohnes traf sie ihre Schwiegertochter in der Stadt.

„Kommst du mit zu uns?" fragte Ingrid, „Kurt wird sich freuen, dich zu sehen."

Die Mutter ließ sich nicht lange nötigen.

Holger und Sibylle lärmten und tollten im Garten.

„Ich mach' dir schnell eine Tasse Kaffee." Ingrid eilte in die Küche. Den Kindern rief sie zu, sie möchten hereinkommen, die Großmutter zu begrüßen.

Mama, die auf der Terrasse gesessen hatte, erhob sich mit der spöttischen Bemerkung, sie sei jetzt wohl überflüssig.

„Sei doch bitte nicht so empfindlich, Mama. Setz dich zu Mutter ins Zimmer."

Frau Misgeld folgte dieser Aufforderung nur sehr widerwillig.

Die Kinder, die hereingestürmt kamen, überbrückten die etwas förmliche, steife Begrüßung der Großmama.

„Wo ist Ta Majanne? Warum hast du sie nicht mitgebracht?"

„Tante Marianne ist im Kindergarten, das weißt du doch, Holger."

„Ja, immer bei den andern Kindern und nie bei uns", klagte Sibylle.

„Das ist ein mühsamer Beruf", bemerkte Frau Misgeld, „sich mit den Kindern anderer Leute abzuquälen! Was für Kinder mögen dazwischen sein! Soviel ich weiß, wird es nicht einmal gut bezahlt."

„Marianne hat eigentlich nie nach der Höhe der Vergütung gefragt. Es ist gewiß nicht immer leicht mit den Kindern. Aber sie geht in ihrem Beruf auf und ist glücklich dabei."

„Glücklich?" Die Frage war mit einem fast mitleidigen Lächeln und von einem bestimmten Unterton begleitet. Man wußte in der Familie, eine langjährige Freundschaft zwischen einem Lehrer und Marianne war kurz vor der Verlobung auseinandergegangen. Frau Misgeld konnte es nicht verstehen, daß man sich wegen religiöser Fragen trennte. Das sollte der Grund gewesen sein. Der Mann war nicht so „fromm" gewesen, wie Brandstetters es wünschten. Frau Misgeld unterdrückte das Verlangen, darauf anzuspielen.

Ingrid brachte den Kaffee, stellte auf dem Tischchen in der Fensterecke das Geschirr zurecht und holte aus der Anrichte kleines Gebäck aus einer Frischhaltedose.

Die Kinder bekamen ihr Teil und liefen wieder hinaus.

Das Gespräch plätscherte an der Oberfläche hin. Von Einkäufen war die Rede, von Preisen. Ingrids Mutter begann von ihrem Rheumatismus und dem Kurerfolg zu erzählen.

Ingrid bereute fast, die Schwiegermutter mitgenommen zu haben. Mama war nun mal eifersüchtig und ärgerte sich jetzt wahrscheinlich. Darum war Ingrid froh, als sie ihren Mann kommen hörte.

„Kurt? Du kommst heute sehr früh, das ist schön, wo Mutter gerade da ist."

Sie holte noch eine Tasse, doch Mama verabschiedete sich. Zwei von der anderen Familie waren ihr entschieden zu viel. Kurt war es gewöhnt, daß seine Schwiegermutter ihr Zimmer aufsuchte, sobald er nach Hause kam. So schenkte er ihrem eiligen Abschied von seiner Mutter keine Beachtung.

„Schön, Mutter, daß du dich mal bei uns sehen läßt. Du machst dich so rar wie Marianne." Und zu Ingrid gewandt, fragte er: „Sind die Kinder draußen?"

„Ja, ich werde sie holen." Sie lief hinaus.

Mutter und Sohn sahen sich an.

„Mein Besuch ist Mama nicht angenehm, wie mir scheint", meinte die Mutter.

Kurt hob die Schultern.

„Du kommst selten genug. Wegen Mama brauchst du dir keine Gedanken zu machen. Sie zieht sich meist zurück, sobald jemand kommt. Ich sehe sie oft tagelang nicht. Vor längerer Zeit hat sie mal gesagt, sie wolle unsere Ehe nicht stören."

In der Diele wurden die Stimmen der Kinder laut. Dann gab's einen Bums, ein Klirren, und zugleich hörten die beiden im Zimmer Ingrid aufschreien: „Auch das noch!"

Dem Klatschen heftiger Schläge folgte jammerndes Schmerzensgeheul. Kurt runzelte die Stirn.

„Entschuldige einen Augenblick, Mutter." Hinaus war er.

Vom Flur her kam dann seine erregte Stimme: „Was ist denn passiert? Und was soll das heißen: ,Auch das noch'?"

„Der Spiegel." Das war Ingrids Stimme. Mehr verstand die Mutter nicht. Holger stürzte ins Zimmer, tränenüberströmt das kleine Gesicht, auf seinen Wangen brannten rote Flecke. Er lief auf die Großmutter zu und barg schluchzend sein Gesicht in ihrem Schoß.

„Na — na — was ist denn passiert?"

„Ii — ihich sohohollte — die Schuhuhuhe ausziehen — und da — und da kamte ich soho —", er wippte, ohne aufzusehen, mit dem Füßchen, von dem er nun auch den Strumpf verloren hatte, „uhund da ist es passiert, daha schwuppste der Schuhu in den Spiegel, und da gingte der gleich kaputt."

Jetzt hob er den Kopf.

„Großmutter, ich konnte wirklich nichts dafür, und Mutti hat mich so gehauen, ins Gesicht."

Jetzt kam der Vater zurück.

„Es ist zum Verzweifeln! Daraus soll ein Mensch klug werden!"

„Kurt!" Mahnend wies die Mutter auf Holger.

Der Mann trat ans Fenster und trommelte nervös gegen die Scheibe.

Die Großmutter schob den Kleinen sanft zur Tür.

„Zieh dir die Hausschühchen an. Wenn du dir die Hände gewaschen hast, kommst du wieder. Wir sagen Mutti, daß du es nicht mit Absicht getan hast, damit sie nicht mehr traurig ist."

Holger trottete davon, schnupfend und mit den schmutzigen Fingern die Tränen fortwischend. Wie ein kleiner Clown sah er aus.

Kurt wandte sich um.

„Ich weiß nicht, was mit Ingrid ist", begann er, noch ehe der Junge die Tür hinter sich geschlossen hatte.

„Sie ist seit einiger Zeit überreizt und nervös, daß ich beinah ratlos bin. Ich finde keine Erklärung dafür. Vielleicht müßte man einmal den Arzt fragen."

„Wie äußert sich Ingrids Nervosität?"

„Das kann ich dir sagen. Wenn ich mal fünf Minuten später heimkomme als gewöhnlich, fällt sie mir um den Hals mit einer Überspanntheit, die an Hysterie grenzt. Entschuldige das Wort, aber ich wüßte nicht, wie ich ihr Benehmen treffender bezeichnen sollte. Es kommt mir einfach hysterisch vor. Und dann dies: Jeden Morgen beschwört sie mich geradezu, vorsichtig zu sein, und das in einer Weise, die übertrieben ist. Ich bin ja kein kleiner Junge, den man ermahnen müßte, er solle aufpassen, wenn er über die Straße geht."

Die Mutter versuchte zu entschuldigen.

„Vielleicht macht sie sich soviel Sorge, weil man täglich von Verkehrsunfällen liest, die wirklich sehr viel häufiger geworden sind."

„Nun ja, Mutter, gewiß passiert allerlei. Warum aber regt sie sich gerade in letzter Zeit so sehr darüber auf? Ich fahre seit Jahren den Wagen der Firma. Die Verkehrsunfälle passieren nicht erst seit vier Wochen. Es ist nicht das allein, worüber sie sich erregt. Eben zum Beispiel. Holger hat aus Versehen oder im Eifer, jedenfalls nicht böswillig und aus Ungezogenheit, seinen Schuh gegen den Spiegel in der Diele geschleudert. Der Spiegel hat einen Sprung quer von unten nach oben bekommen. Ingrid war außer sich darüber. Du wirst gehört haben, wie unbeherrscht sie den Jungen geschlagen hat."

Nachsichtig meinte die Mutter: „Unbeherrscht, Kurt? Deine Frau war noch nie beherrscht. Liebst du sie nicht gerade deswegen so sehr, weil sie impulsiv ist, im Guten ebenso wie vorhin vielleicht im Ungenen?"

„Ja, schön, Mutter, aber zwischen impulsiv und dem, was sich vorhin tat, ist ein wesentlicher Unterschied. Als ich sie beruhigen wollte, weinte sie wie ein Kind und sagte, ein zerbrochener Spiegel bedeute Unglück. Immer wieder, wenn man gar nicht daran denkt, stößt man unvermittelt auf den Aberglauben. Ich weiß auch nur zu gut, daß niemand anders als Mama ihn nährt. Wenn ich nur wüßte, wie ich Ingrid diesem Einfluß entziehen könnte! Am liebsten würde ich uns eine andere Wohnung suchen, damit sie nicht so viel mit ihrer Mutter zusammen ist."

„Das kannst du deiner Schwiegermutter nicht antun, Kurt. Du weißt, Ingrid ist ihr ein und alles, sie hängt mit großer Liebe an ihr."

„Mit einer eigensinnigen, eifersüchtigen Liebe, Mutter,

die von einem beispiellosen Egoismus zeugt. Das stört mich nicht weiter. Aber sie übt dauernd diesen ungünstigen Einfluß auf sie aus, das möchte ich ändern. Ich fürchte, Ingrids Nervosität hängt irgendwie mit solchen Dingen zusammen, und solange Mama mit uns zusammenwohnt, weiß ich kein Mittel gegen diesen verbohrten Aberglauben."

Die Mutter trank ihren Kaffee aus und schwieg.

„Das Schlimmste ist", fuhr Kurt fort, „daß sie es nicht einmal eingesteht. Früher sagte sie mir wenigstens, was sie sich zusammenreimten, sie und Mama. Das verrückteste Zeug war es. Schwarze Katzen und bestimmte Tage und natürlich die Dreizehn spielten eine Rolle. Alles das stammte aus Mamas Nähkästchen. Da ich lange nichts mehr von diesen Überspanntheiten bemerkt habe, dachte ich, Ingrid hätte Vernunft angenommen. Aber das wuchert wie Unkraut. Heute reißt man es aus, morgen ist es wieder da."

„Ja, es ist wirklich wie ein Unkraut."

„Und was soll man dagegen tun? Weißt du es? Ich habe alles versucht, Mutter."

„Alles? Was zum Beispiel?"

„Anfangs habe ich mir alles ruhig angehört und Ingrid mit sachlichen Erklärungen die Haltlosigkeit ihrer Vermutungen vorgehalten. Das half scheinbar ein Weilchen. Als wieder etwas Neues auftauchte, habe ich sie ausgelacht, erst nachsichtig und gutmütig, dann voll Spott. Ich sehe dir an, du meinst, es sei nicht die richtige Methode. Vergiß bitte nicht, in den acht Jahren unserer Ehe wiederholte sich dieses Spiel in mehr oder weniger großen Abständen immer wieder.

Mit den Jahren hat sich meine Geduld in diesem Punkt erschöpft. Das kann nur verstehen, wer sich den Zauber jahrelang immer wieder hat anhören müssen. Schließlich habe ich ihr mal ganz gehörig den Kopf zurechtgesetzt. Ich nahm an, das hätte geholfen und der Sache endgültig ein Ende gemacht. Statt dessen, so fürchte ich, ist das Unkraut in der Stille ärger gewachsen als zuvor."

„Das befürchte ich auch. Obendrein hat sie — wenigstens was diese Sache angeht — das Vertrauen zu dir verloren."

Der Sohn lief im Zimmer auf und ab, schüttelte den Kopf und stieß zwischen den Zähnen hervor: „Es ist — es ist — man sollte es nicht für möglich halten!"

„Glaubst du wirklich, Kurt, daß man gegen einen eingefleischten, einen sozusagen mit der Muttermilch eingesogenen Aberglauben mit Vernunft oder mit Gewalt ankommt?"

„Ich glaube dein Rezept zu kennen, Mutter: Liebe, Geduld. Ich sagte dir, ich habe es auch damit versucht, aber nichts erreicht."

„Ingrid braucht etwas ganz anderes, Kurt. Sie braucht etwas, worauf sie sich verlassen kann, etwas Festes, Zuverlässiges, das ihr die Unruhe und Unsicherheit, die Furcht ihres Aberglaubens nimmt. Sie weiß es selbst wohl kaum, sonst würde sie danach suchen und danach fragen. Um von dem Aberglauben frei zu werden, braucht Ingrid Glauben!"

Kurt Brandstetter blieb vor seiner Mutter stehen und sah sie zärtlich an.

„Glauben, ja, meine liebe Mutter. Wenn man das jemand beibringen könnte! Du hast deine Kinder von klein auf beten gelehrt. Ich führe, wie man so sagt, mit Ingrid einen christlichen Hausstand. Wir leben ordentlich und lassen uns nichts zuschulden kommen. Wir gehen ab und zu in die Kirche und sagen dort so schön und feierlich das Glaubensbekenntnis daher. Aber so wie du, Mutter, wie seinerzeit Vater und wie Marianne — so wie du möchtest, daß wir es hielten, so nehmen wir den Glauben nicht bis in den Alltag hinein. Ich weiß nicht, woran es liegt. Irgendwie läßt der Alltag ihn einfach nicht zu Wort kommen. Und wie soll ich meiner Frau etwas anpreisen, was ich selbst nur so am Rande vermerkt besitze?"

„Schade, Kurt. Aber du sagst selbst, glauben kann man nicht beibringen. Glauben erbittet man sich und läßt ihn sich schenken. Wenn ich meine Kinder, also auch dich, beten gelehrt habe, wenn wir, Vater und ich, euch mit dem Wort Gottes vertraut gemacht haben, so nicht in der Annahme, wir könnten euch den Glauben schenken. Wir haben euch nur versucht zu zeigen, wo die Quellen unserer Kraft liegen. Glauben vererbt man nicht, das weißt du so gut wie ich. Dein Sonntagsglaube —"

Ingrid trat ein, ein verschämtes Lächeln auf dem verweinten Gesicht. „Du hast das vorhin gewiß gehört, Mutter", sagte sie und streifte ihren Mann mit einem scheuen Blick, „ich war so erschrocken."

„Wo ist Sibylle?" fragte die Mutter, Ingrids Hand streichelnd und über ihre Bemerkung taktvoll hinweggehend. „Ich habe ein Bildchen in meiner Tasche, das kann sie vielleicht für ihre Sammlung gebrauchen."

Kurt hatte sich wieder zum Fenster gewandt und sah stumm hinaus.

Glauben brauchte Ingrid? Wie sollte er zu ihr von Glauben sprechen, da er selbst keinen hatte? „Sonntagsglaube" hatte Mutter gesagt. Was war das schon gegen das Gift des Aberglaubens, von dem seine Frau beherrscht war?

Seit der unfreiwilligen Begegnung im Blumenladen und nach einem geheimnisvollen Beseitigen der Warzen auf dem linken Handrücken fühlte sich Ingrid ihrer Mama in einer seltsamen und unlösbaren Weise verpflichtet und verbunden, erneut verbunden vor allem in der Furcht vor dem unbekannten Unglück, das Kurt und damit die Familie im Verlauf des Jahres treffen würde.

Welcher Art aber war dieses Unglück? Würde es eine tückische Krankheit sein, die ihren Mann binnen weniger Tage dahinraffen konnte? Würde es ein Unfall sein? Er fuhr jeden Tag mit dem Wagen, nicht nur zum Dienst, er mußte von Baustelle zu Baustelle fahren. Es gab so viele Möglichkeiten, das Leben jäh zu beenden. Der Beruf ihres Mannes, der Verkehr, alles erschien Ingrid jetzt bedrohlich und voll Gefahr. Merkwürdigerweise sprach Mama nie von dem, was geschehen könnte. Nur in Blicken und Gebärden kam ihre Sorge zum Ausdruck. So erschien sie im Wohnzimmer oder in der Küche, wenn Kurt sich einmal verspätete. Sie sah demonstrativ auf die Uhr, atmete schwer und ging unruhig auf und ab. Das belastete Ingrid mehr, als wenn Mama ein Wort der Besorgnis geäußert hätte.

Nach der Affäre mit dem zersprungenen Spiegel hütete sich Ingrid, Kurt ihre Unruhe zu zeigen. Er war sehr böse geworden, als sie ihm im ersten Schreck gestanden hatte, ein zerbrochener Spiegel bedeute sieben Jahre Unglück. Selten hatte sie ihn so böse gesehen wie in diesem Augenblick. Dabei konnte sie ihm nicht einmal sagen, in welchem Zusammenhang mit ihm selbst diese sieben Unglücksjahre zu stehen drohten. Seinetwegen gewann, so fürchtete sie, der zerbrochene Spiegel erhöhte Bedeutung.

Nun war es nicht so, daß Ingrid den ganzen Tag in Ängsten verharrt hätte. Das lag ihrer an sich heiteren Natur, ihrer Jugend nicht. Zudem war der Einfluß von Kurt und Marianne nicht ganz vergeblich gewesen. So lachte und spielte Ingrid fröhlich mit ihren Kindern, versorgte ihr

Hauswesen mehr oder weniger mit Bäuerleins Hilfe. Sie lud wie immer Bekannte ein, machte Besuche oder Einkäufe und war gewöhnlich guter Dinge. Ging das Leben seinen gewohnten Gang, vergaß sie das böse Orakel zeitweise fast gänzlich.

Wenn sie beim Staubwischen an der „grünen Wand" vorbeiging, sagte sie manchmal, sich selbst verspottend, zu dem Efeu hin: „Na, altes Unglücksgewächs, gehst du nicht bald ein? Verdorren lassen sollte man dich. Aber das will ich Marianne nicht antun, sie hat es so gut gemeint."

Oder sie hob drohend den Finger: „Warte nur, ich kriege schon noch eine Silberdistel. Dann ist es mit deinem Zauber vorbei."

So wohl, wie sie tat, war ihr dabei nicht. Solche Reden waren nichts anderes als Selbstbetrug. Mama ließ sie solche Worte niemals hören.

Sobald etwas nicht ganz planmäßig verlief, war alle Heiterkeit von Ingrid gewichen. Ihr Mann war in diesen Sommertagen beruflich sehr in Anspruch genommen. Er mußte häufig zu abgelegenen Montagestellen und kam nicht regelmäßig nach Hause. Zwar gab er stets telefonisch Bescheid, wenn sein Kommen ungewiß war, weil er seit eh und je wußte, daß seine Frau sich leicht ängstigte und sorgte. Daß aber jetzt jede Verzögerung seiner Heimkehr für sie eine ganz besonders schwere Nervenprobe war, wußte er nicht.

Noch nie war Ingrids Stimmung so wechselhaft und unberechenbar gewesen wie in diesen Wochen. Einmal war sie übertrieben heiter und versuchte, gegen Mamas Prophezeiung anzugehen. Dann wieder fühlte sie sich elend und allein. Gewiß, Mama verstand ihre Angst. Mama wußte um ihre Not, aber sie gab ihr keinen Trost. Mama würde mit jedem Wort, das darüber fiel, ihre Angst nur steigern, und doch wünschte Ingrid manchmal, Mama möge davon sprechen.

Sie versuchte wohl auch, mit Vernunft der Sache zu Leibe zu rücken. War nicht alles sehr merkwürdig? Eine Silberdistel — um Mitternacht gepflückt? Hm, gewiß war das seltsam. Und war es nicht schon albern, zu denken, der Efeu bringe den Tod? Das müßte sich doch mal herumgesprochen haben. Zwergefeu war jetzt ja geradezu Mode. Aber da war die Sache mit den Warzen — und erfuhr man denn, wer dort starb, wo Efeu grünte?

Ja, also die Sache mit den Warzen!

Ich muß einmal mit jemand über die Angelegenheit sprechen, dachte Ingrid immer wieder. Bei dem Suchen nach jemand, dem sie sich hätte anvertrauen können, verfiel sie auf Marianne.

Der Gedanke machte sie fast froh. Natürlich, Marianne würde sie ruhig anhören. Marianne würde zumindest versuchen, sie zu verstehen. Selbst wenn Marianne lachte oder ein wenig schalt, hatte sie nichts Verletzendes. Sie würde auch Kurt nichts davon erzählen.

Mama ging eben mit ihrem Handarbeitskörbchen über die Diele, da schellte das Telefon.

Drüben meldete sich Marianne.

„Das ist beinahe Gedankenübertragung", rief Ingrid zurück. „Ich wollte dich schon anrufen, wann du mal Zeit für mich hast."

Mama blieb mitten auf der Diele stehen. Das Gespräch interessierte sie.

„Zeit für dich?" tönte es aus der Muschel. „Wenn es sein muß, immer. Gibt's was Besonderes?"

Von Mamas Gegenwart gehemmt, antwortete Ingrid vorsichtig: „Das nicht gerade — oder doch — komm bald mal vorbei."

„Deswegen rufe ich an, ich habe nämlich ein Anliegen. Ich brauche ein Kleid für ein kleines Mädel aus dem Kindergarten. Hast du vielleicht von Bille etwas Abgelegtes?"

„Bestimmt, Marianne. Komm nur, wir suchen etwas aus."

Sie verabredeten sich für den Abend, und Ingrid legte den Hörer auf.

Mama stand noch immer da. Forschend sah sie die Tochter an. Diese tat, als bemerkte sie es nicht und sagte, auf dem Wege zur Küche, an Mama vorbeigehend: „Ich werde für heute abend eine Weincreme machen. Marianne kommt. Sie mag Weincreme so gern."

„So? Marianne kommt?"

„Ja, sie braucht ein Kleid für eins ihrer Kindergartenkinder."

„Hm. Und was willst du von Marianne?"

„Ich? Wieso?"

„Du sagtest, du hättest sie gern einmal gesprochen."

„Ach so." Ingrid fühlte das Blut in die Wangen steigen.

„Ich kann mir denken, was du mit Marianne besprechen willst."

„Mama, warum soll ich nicht mal mit meiner Schwägerin zusammenkommen? Außerdem hat sie mich angerufen und nicht umgedreht."

„Sagtest du nicht am Telefon, du hättest sie anrufen wollen?"

„Mama, kann ich nicht anrufen, wen ich will? Und darf ich nicht auch sprechen, mit wem ich will?"

„Gewiß, du kannst mit deiner Schwägerin oder mit wem es dir gefällt sprechen, so oft und so viel du willst."

„Du sagst das so, als müßte ich dich eigentlich erst fragen, wen ich einlade und mit wem ich spreche, wenn du auch das Gegenteil aussprichst."

Mama warf den Kopf zurück. Zur Treppe gehend und langsam Stufe für Stufe nehmend, sagte sie, ohne die Tochter anzusehen: „Du brauchst mich nach nichts zu fragen. Du kannst tun was du willst. Du kannst dir von deiner Schwägerin oder von deinem Mann einreden lassen, was dir gefällt und was du gern hören möchtest. Darum änderst du doch nichts an den Dingen, die geschehen müssen."

Ingrid stand und sah ihr nach, bis sie in ihrem Zimmer verschwunden war.

Einreden, dachte sie, will ich mir nicht viel mehr etwas ausreden lassen?

Marianne kam am Abend gerade zu der Zeit, als Sibylle und Holger gewaschen und zu Bett gebracht wurden. Die Kinder erhoben ein Freudengeschrei.

„Ta Majanne, du sollst mich waschen!"

„Ta Majanne, erzähl uns noch was, dann kann ich besser einschlafen!"

„Kinder, laßt die arme Tante Marianne in Ruhe. Den ganzen Tag schreien Blagen um sie herum. Jetzt will sie einmal etwas anderes hören und ihren Frieden haben", mahnte die Mutter.

„Ta Majanne, nicht wahr, du willst überhaupt nie etwas anderes. Wir sind ja auch keine Kindergartenkinder."

„Oh, die gehorchen wahrscheinlich besser als du, Holger", meinte Ingrid, während Marianne die Kleider der beiden, die auf dem Boden, auf Stuhl und Bett verstreut lagen, zusammenzulesen und zu ordnen begann.

Als Ingrid an den Kleiderschrank ging, um nach einem Kleid zu sehen, das sie Marianne für ihren Schützling geben könne, sprangen die Kinder wieder aus den Betten.

Sibylle fand es wunderbar und aufregend, das Suchen im Schrank. Sie begann sogleich Modenschau zu improvisieren, ohne sich um die Mahnung der Mutter zu kümmern, daß sie im Bett bleiben solle.

Ingrid stellte nach einigem Suchen fest: „Ich habe hier im Schrank nur Kleider, die Bille noch tragen kann. Wie groß ist das Mädel, für das du die Sachen brauchst?"

„Es ist ein wenig kleiner als Bille, schätze ich. Man kann vielleicht etwas passend machen, wenn es zu groß sein sollte."

„Oben auf dem Speicher habe ich noch allerlei Sachen in einem Koffer, Kleider und Schürzen. Ich glaube, es ist auch Wäsche von Bille mit dabei. Es ist am besten, wir sehen dort einmal nach."

So stiegen sie nach dem Abendessen die Bodentreppe hinauf. In der Dachkammer herrschte die dumpfe Luft selten gelüfteter Räume und der Dunst der Sonnenhitze, die den ganzen Tag aufs Dach prallte. Ingrid stieß das Dachfenster auf und zog einen Koffer hervor. Es war noch eben hell genug, daß man das Nötigste erkennen konnte.

Dieser Koffer, den Ingrid nun aufschloß, entpuppte sich als eine wahre Fundgrube für Marianne. Sie hob die Kleidchen, die Schürzen und die Wäschestücke eins nach dem anderen heraus, hielt jedes Teil gegen das Licht und fragte ein ums andere Mal: „Das — o Ingrid, kann ich das bekommen? Ach, und hier, das wird ein Festkleid. Wir haben bald unser Sommerfest mit den Kindern. Die kleine Monika hat nur ein einziges Kleid, das trägt sie alle Tage im Kindergarten. Ich habe mich zu Hause bei den Leuten umgesehen. Die Armut, die dort herrscht, kann einen jammern. So bin ich auf den Gedanken gekommen, dich zu bitten, mir etwas von Bille zu geben. Ich glaube, was wir hier haben, paßt dem

Kind. Du kannst dir denken, wenn es bei dem Kind mit dem Kleid so schlimm bestellt ist — mit der Wäsche ist es einfach nicht zu beschreiben."

„Wird denn nichts für die Leute getan?" wunderte sich Ingrid, „von der Fürsorge oder von der Mission?"

„Ach du ahnungsloses Herz", seufzte Marianne, „es gibt Verhältnisse, da hilft keine Unterstützung, von welcher Seite sie auch kommen mag. Wenn der Mann säuft, und die Frau ist eine Schlampe, und die einzige Stube, die sie haben, wimmelt von Kindern jeden Alters —"

Marianne unterbrach sich plötzlich, setzte sich auf eine Kiste und fragte ohne Übergang: „Was wolltest du mir eigentlich sagen? Verzeih, ich hätte bald vergessen, daß du mich sprechen wolltest."

Ingrid klappte den Deckel des Koffers zu und hockte sich darauf nieder. Eine Weile saßen sie einander gegenüber, Ingrid mit ein paar Wäschestücken auf dem Schoß, Marianne, Kleidchen und Schürzen über den Arm gehängt. Ein Stück dunkelblauen Abendhimmels stand über dem Viereck des Dachfensters, eine kleine Wolke, rosa angehaucht von der versinkenden Sonne, segelte wie verloren darüber hin.

Eine Weile wartete Marianne geduldig, da Ingrid offensichtlich das richtige Wort für den Anfang nicht fand. Endlich tastete Marianne vorsichtig mit einer Frage: „Ist mal wieder etwas, das dich bange macht, weil deine Mama den Dingen, die geschehen, einen verborgenen, unheimlichen Sinn zuschreibt?"

Ingrid nickte.

„Der zerbrochene Spiegel etwa?"

Marianne verbarg ihren Unwillen meisterhaft.

„So, hat sich das herumgesprochen, das mit dem Spiegel? Hat Kurt mich lächerlich gemacht?" Ingrid schien gekränkt.

„Nein, Kurt hat kein Wort davon verlauten lassen. Ich habe ihn übrigens neulich nur flüchtig begrüßt, als wir uns trafen. Wir waren beide eilig. Aber Mutter war an dem Tage, als es passierte, bei euch. Sie hat dich jedoch keineswegs lächerlich gemacht. Sie hatte Sorge um dich. Aber nun sag, was dich quält. Vielleicht kann ich dir helfen."

Ingrid streckte ihre Hand aus und sah die Schwägerin voll an. „Gib mir die Hand darauf, Marianne, daß du keinem Menschen etwas davon sagst, was ich dir jetzt erzähle, keinem Menschen, versprich mir das."

Marianne schlug in die dargebotene Rechte mit festem Druck.

„Ich verspreche es dir, Ingrid. Wenn es dir das Herz erleichtert, soll es mir nicht schwerfallen, dir das Versprechen zu geben und zu schweigen."

Ingrid hielt die Hand der Schwägerin einen Augenblick fest. Dann legte sie ihre Handflächen aneinander und stützte das Kinn darauf.

„Wenn Kurt es erführe, er wäre sehr, sehr böse. Er hat ausdrücklich verboten, was wir getan haben, Mama und ich. Aber ich muß mit jemand darüber reden, und ich vertraue dir, Marianne. Lache nicht über das, was ich dir berichte. Wenn ich damit ganz zu Ende gekommen bin, wirst du auf jeden Fall nicht mehr lachen, aber wundern wirst du dich zumindest."

Ingrid machte eine kleine Pause. Dann hielt sie der Schwägerin ihre linke Hand hin und sprach weiter: „Du entsinnst dich vielleicht, daß ich auf dem Handrücken um die Fingerknöchel herum Warzen hatte, sieben Stück."

„Ob es gerade sieben waren, weiß ich allerdings nicht." Marianne strich über den Handrücken und hob Ingrids Hand ein wenig ans Licht.

„Sie sind ja verschwunden. Bist du bei Dr. Dunker gewesen?"

„Eben nicht, Marianne, und darum handelt es sich. Kurt wollte, ich solle sie bei Dr. Dunker entfernen lassen. Unser alter Dr. Heinemann sagte, es sei eine Kleinigkeit. Dummerweise erzählte ich Kurt, Mama hätte sich erboten, sie wegzubringen. Da wurde er ärgerlich und sagte in Mamas Beisein, er wünsche keinen Hokuspokus. Ich schob es immer wieder auf, damit zum Arzt zu gehen. Eines Tages kam Mama wieder einmal darauf zu sprechen. Du weißt, die Dinger auf dem Handrücken sahen recht häßlich aus."

„Ja", bestätigte Marianne, „die Warzen störten wirklich ein bißchen, gerade deshalb, weil du schöne Hände hast."

„Ich bin froh, daß sie nun weg sind. Aber — jetzt hör gut zu, wie sie weggegangen sind! Das ist es, was ich dir erzählen wollte."

Ingrid holte tief Atem.

Marianne betrachtete die Schwägerin, deren gespannte Züge sie trotz des sinkenden Lichts wahrnahm. Was mochte sie zu erzählen haben?

„Neulich, Mama war erst ein paar Tage von der Reise zurück, fielen ihr wieder die Warzen auf. Sie überredete mich — na, überreden kann man eigentlich nicht sagen. Es war so, daß ich sie nicht kränken wollte, denn sie war sowieso schon über etwas beleidigt. Ich gab jedenfalls nach und sagte, sie solle es meinetwegen versuchen."

Marianne schüttelte den Kopf.

Die junge Frau seufzte. „Ein gutes Gewissen hatte ich dabei nicht, weil ich an Kurts Verbot dachte. Aber dann siegte auch die Neugier. Ich wollte ganz einfach wissen, wie Mama das bewerkstelligen würde. Ein paar Tage vergingen, ohne daß Mama wieder davon gesprochen hätte. Nun weißt du ja, daß Kurt einmal im Monat einen Abend mit seinen Kollegen verbringt. Da kommt er erst gegen Mitternacht heim. An dem Abend nun, als er nach dem Essen gegangen war, kam Mama herunter und sagte, heute wolle sie mir die Warzen wegmachen. Ich solle Bäuerlein Bescheid sagen, daß sie wegen der Kinder im Hause bliebe. Wir, Mama und ich, müßten einen kleinen Weg machen. Bäuerlein kam, und ich wartete gespannt, was kommen sollte. Ich dachte schon, Mama hätte die Verabredung vergessen, da kam sie kurz vor 10 Uhr aus ihrem Zimmer und sagte, nun sei es Zeit.

Ich konnte mir gar keine Vorstellung machen, was Mama wollte. Sie tat sehr geheimnisvoll. Ehe wir aus dem Haus gingen, schärfte sie mir ein, kein Wort mehr zu sprechen, nachdem wir die Schwelle des Hauses übertreten hätten. Wenn ich nur den geringsten Laut von mir gäbe, ehe sie es erlaubte, hätte die ganze Sache keinen Wert.

Marianne, soviel kann ich noch sehen, wenn es auch bald dunkel ist, du machst ein abweisendes und skeptisches Gesicht. Dir werden die Zweifel noch vergehen. Höre weiter.

Wir traten auf die Straße. Es regnete dünn und fieselig. Unter einem Schirm dicht aneinandergedrängt gingen wir die Straße hinunter und dann die Dahlhauser Chaussee weiter. Ich brauchte alle Kraft, um nicht zu reden, nicht zu fragen. Meine Neugier und Verwunderung steigerten sich von Minute zu Minute. Am Ende der Chaussee — du weißt, wie weit es ist —, bog Mama in den Ostpark ein. Später sagte sie mir, es sei günstig gewesen, daß es geregnet habe, sonst wären wir im Park nicht so ungestört gewesen. Bei schönem Wetter ist da jede Bank besetzt, und noch spät abends trifft man auf allen Wegen Leute. An jenem Abend waren die Wege vom Regen aufgeweicht. Kein Mensch war zu sehen. Trotz der starken Bewölkung am Himmel war es nicht vollkommen finster. Mama ging ganz zielstrebig die gewundenen Parkwege hin, bis wir an den Weiher kamen. Sie zog mich mit sich über den Rasen. Meine Schuhe quietschten vor Nässe, meine Füße waren pitschnaß. Ich kann dir nicht sagen, wie mir zumute war. Der Regen, der mit leisem Rauschen über die Blätter der Büsche und Bäume rieselte, die Stille sonst ringsum, in der Ferne die Geräusche der Stadt und am Himmel der rötliche Widerschein von den Lichtern der Reklameschriften —"

„Sag mal, du machst das wirklich spannend. Kannst du es nicht ein bißchen kürzer erzählen?"

„Nein, Marianne, ich muß es dir so ausführlich erzählen, damit du dir einigermaßen vorstellen kannst, wie seltsam und geheimnisvoll alles war, damit du begreifst, daß ich einfach alles glauben muß."

„Was mußt du glauben?"

„Alles, was Mama sagt."

„Ah — so —"

„Ja, höre also weiter. Wir standen an dem Weiher. Mama nahm den Regenschirm aus meiner Hand, klappte ihn zusammen und dann — ob du es glaubst oder nicht, Marianne, es war so, wie ich es dir erzähle. Dann griff Mama in die Manteltasche und brachte eine Rolle Zwirn zum Vorschein, eine ganz gewöhnliche Rolle Zwirn. Sie hat sie mir nachher zu Hause gezeigt. Dann nahm sie meine Hand, tastete mit den Fingern nach den Warzen. Ich merkte, wie sie jede einzelne abfühlte. Mamas Gesicht war nahe bei mir. Ich sah, wie sich ihre Lippen bewegten und begriff, daß sie die Warzen zählte. Dann wickelte sie einen Faden von der Zwirnrolle ab, machte Knoten in den Faden — sieben, wie ich später von ihr erfuhr, soviel Warzen, soviel Knoten. Danach riß sie den Faden ab und ließ ihn in das Wasser gleiten. Er blieb erst zwischen der Entengrütze hängen, dann versank er. Mama sah mich an mit einem seltsamen, undeutbaren Blick, vor dem ich mich fast fürchtete. Dann spannte sie den Schirm auf und trabte mit mir wieder über die Wiese zurück."

„Entschuldige, der Faden blieb hängen — wie willst du das bei der Dunkelheit gesehen haben?"

„Ich sagte dir doch, es war nicht völlig dunkel. Durch den Schein am Himmel war auch das Wasser hell, wenigstens hell genug, daß ich den Faden und auch Mamas Gesicht deutlich erkennen konnte. Glaubst du mir nicht?"

„Doch — ich meinte nur, vielleicht hättest du dich geirrt."

„Nein, ich habe mich nicht geirrt! Wir gingen also wieder nach Hause. Als wir die Dahlhauser Chaussee erreicht hatten, wandte mir Mama das Gesicht zu. Sie lachte, aber nicht wie gewöhnlich. Es war ein fremdes, glucksendes Lachen, und sie sagte: ‚So, mein Töchterchen, morgen bist du deine Warzen los.' Töchterchen sagte sie! Und wie sie diese Worte sprach, da wußte ich genau, Mama hatte recht."

In der Bodenkammer war es nun ganz dunkel geworden. Ingrids Gesicht war wie ein weißer Fleck auf dem schwarzen Hintergrund der Dachwinkel.

„Und — waren sie weg?" Marianne wußte, diese Frage war ganz überflüssig.

„Ja, Marianne, keine Spur mehr davon zu finden. Hier, fühle mal auf meinem Handrücken, ob du noch etwas merkst?"

„Ich verstehe dich nicht", sagte Marianne. „Dr. Dunker hätte dir die Warzen ebenso schmerzlos am hellichten Tag ohne geheimnisvolle Manipulationen entfernt."

Sie strich über den Handrücken der Schwägerin, schüttelte den Kopf und murmelte: „Merkwürdig."

„Ja, merkwürdig, das sage ich auch." Ingrid war aufgestanden. Sie ließ das Fenster herunter. „Merkwürdig auf jeden Fall, Marianne. Aber der Beweis ist erbracht, die Warzen sind weg. Da mag einer lachen oder spotten. Gegen diesen Beweis kommt man nicht an mit Gelächter und nicht mit Spott, nicht mit Zorn und Schimpfen. Und daß Dr. Dunker es auch fertiggebracht hätte, tut gar nichts zur Sache. Ist das nun Aberglauben, oder wie willst du es nennen?"

„Das ist satanisch!"

Ingrid zuckte zusammen.

Sie waren zur Tür gekommen. Ingrid knipste das Treppenlicht an. Schweigend gingen sie die Treppe hinunter.

„Wo bleibt ihr denn?" fragte Kurt und legte die Zeitung weg. „Ihr habt wohl den ganzen Speicher aufgeräumt?"

Er sah den Ernst im Gesicht der beiden Frauen und ließ weiteres Fragen. Wenn seine Frau mit Marianne gesprochen hatte, was immer es auch sein mochte, es konnte nur etwas Gutes dabei herauskommen.

Ehe sich Marianne verabschiedete, fand Ingrid noch einmal Gelegenheit zu kurzer Mahnung.

„Du wirst schweigen, Marianne?"

„Ich habe es dir ja versprochen."

Ingrid Brandstetter wußte, sie konnte sich darauf verlassen.

Mitte Juli war das Sommerfest des Kindergartens. Marianne hatte Ingrid und die beiden Kinder dazu eingeladen. Sibylle und Holger sahen dem Ereignis mit Spannung entgegen.

„Ihr dürft euch dann aber nicht immerzu an Tante Marianne hängen", sagte die Mutter, „Tante Marianne gehört beim Sommerfest zuerst den anderen Kindern."

Aus dieser Mahnung machten sich die Kinder wenig. Es war ein Fest, bei dem Tante Marianne zu sagen und zu bestimmen hatte, da würde es bestimmt schön werden.

Dann war der bedeutsame Tag gekommen, der für den Vater noch viel wichtiger werden sollte als für die Kinder.

Aber davon ahnten alle noch nichts, als Sibylle beim Morgenkaffee fragte: „Vati, bist du sehr traurig, daß niemand da ist, wenn du heute abend nach Hause kommst?"

„Wie, ihr wollt bis zum Abend ausbleiben?" tat der Vater verwundert.

Holger erklärte wichtig: „Ist doch ganz weit weg, das Fest, da fahren wir mit dem Omnibus hin, und der kommt erst in der Nacht zurück."

„In der Nacht nun nicht erst", erklärte Sibylle, aber spät am Abend. Da sind wir vielleicht noch lange nicht zu Hause, wenn du schon da bist."

„Und wir machen Spiele, sagt Ta Majanne", meldete sich Holger wieder, „und Sackhüpfen, sagt Ta Majanne, und rudern dürfen wir, sagt Ta Majanne."

„Ja", bestätigte Sibylle, „richtig auf Wasser."

„Man kann nur auf dem Wasser rudern", stellte die Mutter fest.

Holger jedoch wußte es besser.

„Och nö, Mutti, wir rudern immer im Sandkasten, Bille und ich, wenn wir Boot spielen. Hast du das noch nie gesehen? Aber im Wasser ist rudern viel schöner. Ich weiß es noch von damals, als wir mit Vati im Ostpark waren."

Bei dem Wort Ostpark fühlte Ingrid das Blut in die Wangen steigen. Unwillkürlich schaute sie auf ihre linke Hand.

Hatte Kurt diesen Blick bemerkt? Er war ihm gefolgt, und

nun sah auch er, ein wenig erstaunt und doch befriedigt auf die Hand seiner Frau.

„Schau mal einer an, deine Warzen sind fort! Du hast mir gar nichts davon gesagt, daß du bei Dr. Dunker warst. Heute abend mußt du mir erzählen, wie er das gemacht hat. War es sehr schmerzhaft?"

„Nein, nein", antwortete Ingrid hastig und war froh, als ihr Mann jetzt aufstand und zu den Kindern sagte: „Für heute will ich euch schon einmal erlauben, länger auszubleiben. Wenn ihr mich aber gar zu lange warten laßt, werde ich am Ende doch traurig, wenn ich hier allein sitzen muß."

Ingrid, erleichtert, daß fürs erste das Thema Warzen erledigt war, folgte ihrem Mann zur Tür.

„Soll dir Bäuerlein Kaffee machen und ein bißchen Abendessen? Du weißt, Mama bitte ich nicht gern darum."

Kurt lachte.

„Und ich lasse mich nicht gern von ihr bedienen. Mach dir keine Sorgen. Ich finde schon etwas im Kühlschrank, wenn mich der Hunger quälen sollte. Ihr werdet ja nicht erst um Mitternacht heimkommen."

Er berührte die Stirn seiner Frau flüchtig mit den Lippen.

„Amüsiert euch gut. Vielleicht gehe ich mal bei Mutter vorbei."

„Tu das, dann wird dir die Zeit ohne uns nicht zu lang."

Gleich darauf hörte Ingrid, wie ihr Mann den Wagen anließ und davonfuhr. Auch heute, wie fast jeden Morgen, stieg für einen Augenblick die Sorge in ihrem Herzen drohend auf. Mit Autos passierten die meisten Unglücke.

Ich habe ihn nicht einmal daran erinnert, vorsichtig zu sein, dachte sie mit stillem Vorwurf gegen sich selbst. Über dem Schreck wegen der Warzen habe ich es ganz vergessen.

Kurt indessen, froh in dem Gedanken, daß Ingrid heute

so unbeschwert und heiter war, fuhr durch die belebten Straßen zum Dienst.

Kostenanschläge, Anfragen und Angebote, Verhandlungen mit Kunden und Lieferanten, Gespräche mit dem Chef und den Untergebenen verdrängten jeden Gedanken an private Dinge.

Am Nachmittag hatte Kurt einige Baustellen zu besuchen, Meistern und Handwerkern Anweisungen zu geben und erst, als er den Wagen heimwärts lenkte, kam ihm zum ersten Male seit dem Morgen der Gedanke an Ingrid und die Kinder. Der Ausflug fiel ihm ein, das „Rudern, richtig im Wasser", und ein Lächeln huschte über sein Gesicht. Prächtiges Wetter hatten sie für ihr Unternehmen. Schade, man hatte so wenig Zeit für die Familie. Nicht einmal die Ferien würde er diesmal mit ihnen zusammen verbringen können. Der Chef hatte ihn vor ein paar Tagen gebeten, seinen Urlaub bis zum September zu verschieben.

Kurt Brandstetter wußte nachher selbst nicht, wie ihm der Gedanke gekommen war, nach den Abbrucharbeiten in der Rethelstraße zu sehen. Fast mechanisch hatte er den Wagen anstatt nach Hause in diese Richtung gelenkt.

Sassen und Bennewitz arbeiteten an der Abbruchstelle Rethelstraße, zwei kühne und verwegene Burschen. Ob sie sich an seine Anweisungen gehalten hatten? Es wäre nicht das erste Mal gewesen, daß sie auf eigene Faust und nach eigenem Ermessen eine Mauer mit der Spitzhacke umlegten, die mit dem Seil heruntergeholt werden sollte. Die Firma hätte die Burschen längst entlassen, wenn sie nicht flinke und saubere Arbeit geleistet hätten und Ersatz für sie nur schwer zu beschaffen gewesen wäre.

Ecke Rethelstraße staute sich eine Menschenmenge. Kurt ließ das Seitenfenster herunter und sah vor dem Grundstück, auf dem die beiden Leute seiner Firma arbeiteten und dessen Vorderfront noch stand, einen Krankenwagen halten. Böses ahnend, sprang er aus dem Wagen, drängte sich durch die Menge und sah gerade zwei Sanitäter der Feuerwehr eine Trage aus der Türhöhlung des zerstörten Hauses balancieren.

Bennewitz!

Der Mann lag ausgestreckt. Bis auf eine kleine Kopfwunde, aus der ein dünnes Rinnsal Blut auf das Kissen tropfte, schien er unverletzt zu sein.

Jetzt fiel sein Blick auf den Ingenieur. Er machte den Versuch zu sprechen, aber da schoß frisch und rot ein schaumiger Strahl aus seinem Munde.

Kurt sagte den Trägern, wer er sei, und legte seine Hand leicht auf die Brust des Verletzten.

„Ruhig, Bennewitz, ganz ruhig. Jetzt kein Wort der Erklärung oder Entschuldigung. Es wird schon alles wieder gut."

Der junge Mann auf der Trage, die nun in den Wagen gehoben wurde, hob mühsam die Hand.

„Sa — Sa —" lallte er.

„Schon gut, Bennewitz, Sassen? Um den kümmere ich mich."

Einer der Träger sagte: „Wenn Sie den anderen meinen, der sitzt oben auf dem Trümmerrest und kann nicht 'runter."

Die Wagentüren klappten zu. Kurt, die Augen mit der Hand vor der Sonne schützend, hob den Blick und sah durch eine der Fensterhöhlen oben auf dem Mauerrest der Hinterfront einen Mann stehen. Es war Sassen.

Also doch auf eigene Faust gearbeitet!

Kurt hörte den Träger vom Krankenwagen sagen: „Die

Feuerwehr kommt gleich mit dem Leiterwagen. Hoffentlich hält sich der da oben noch solange."

Zu seinem Kollegen hin hörte er ihn murmeln, laut genug, daß er es verstehen mußte: „Unverantwortlich, die Leute ohne Sicherung an so gefährlichen Stellen arbeiten zu lassen."

Kurt konnte und mochte nichts erwidern und erklären. Der Wagen sprang an und rollte davon.

Kurt wurde von einem Schutzmann aufgehalten, als er das Trümmergrundstück betreten wollte. Er wies sich aus.

„Ich habe hier alles ausgemessen und berechnet. Die Burschen haben sich nicht an die gegebenen Anweisungen gehalten. Jetzt will ich sehen, wie man dem zweiten da oben helfen kann."

„Ohne die Feuerwehrleitern ist da nichts zu machen", wandte der Polizist ein. Da hörten sie auch schon das Signal des Rettungswagens.

Das gaffende Publikum ließ es nicht an gutgemeinten, aber sinnlosen oder überflüssigen Ratschlägen fehlen.

„He, Sie müssen mit der Leiter durch die Fensterhöhle!"

Weder Kurt noch der Brandmeister achteten auf die Zurufe. Dem Fachmann war sofort klar, nicht einmal mit der Drehleiter würde es möglich sein, an den Mann dort oben heranzukommen. Trotzdem gab er die Anweisung, die Leiter auszuziehen. Er trat durch die Türhöhlung und kletterte neben Kurt Brandstetter über die Mauerreste.

Während er das Gelände an der Hinterfront betrachtete, stellte er fest: „Man kann ihm auch nicht mit dem Sprungtuch helfen. Das ist hier ausgeschlossen."

Inzwischen schob sich die Leiter auseinander, durch die Fensterhöhlung, hoch und höher.

Aus der Menge klang nur ein dumpfes Gemurmel. Atemlos starrten alle nach oben: Männer mit Aktentaschen; junge Burschen, an das Fahrrad gelehnt; Frauen mit Einkaufstaschen, Kinder an der Hand; alte Leute, weißhaarig und gebückt, auf einen Stock gestützt; Autofahrer ließen den Wagen an der Seite stehen und traten näher; Kinder jeden Alters. Aller Lärm der Straße schien mit einem Male verstummt.

Wie verwachsen mit dem Rest des Gemäuers stand oben der Mann. Kurts Augen liefen die restlichen Mauern zwischen beiden Fronten ab. Nicht umsonst hatte er berechnet, was fallen mußte und was stehen bleiben konnte. Da oben, seitlich von Sassen, lief ein Sims. Dorthin wies er und sagte zu dem Brandmeister: „Wenn der Mann den Fuß auf diesen Sims an der Seitenwand setzt, könnte er die Leiter erreichen. Ein großer Schritt — nur müßte ihm jemand Hilfestellung leisten."

„Das hieße ein zweites Leben aufs Spiel setzen, Herr Brandstetter. Wollen Sie die Verantwortung dafür übernehmen? Der Sims ist schmal —"

„Dreißig Zentimeter", nickte Kurt, „aber er hält."

Der Brandmeister hob die Augenbrauen und sah Kurt achtungsvoll an.

Die Leiter war nun ganz ausgezogen. Sie hatte genau die Höhe des Simses erreicht und war nur einen Meter von Sassen entfernt. Schon begann ein Mann hinaufzusteigen.

„Halt", rief der Brandmeister, „so kriegen wir ihn nicht."

„Nein", bestätigte Kurt, „da er mit dem Rücken zur Leiter steht. Er kann sich nicht umdrehen. Bei der geringsten Bewegung stürzt vermutlich alles unter ihm zusammen. Das weiß er bestimmt auch selber. Es gibt nur eine winzige Chance, der Sims. Ich will wenigstens versuchen, sie zu nutzen."

Mit diesen Worten, ohne auf den warnenden Zuruf des Brandmeisters zu achten, glitt Kurt von Mauervorsprung zu Mauervorsprung, schwang sich auf eine Zwischenmauer, kletterte höher — ja, er kannte diesen verfallenen Bau gut genug.

Auf der Straße wurden wieder Stimmen laut.

„Die müssen näher 'ranfahren."

„Geht ja nicht."

„Die Vorderfronten umreißen!"

„Quatsch, dann kippt gleich alles um."

„Kipp du man nicht um."

„Ich hätte versucht, 'runterzuklettern, wenn ich da oben hinge."

„Man muß ihm ein Seil zuwerfen, wie ein Lasso."

Kurt Brandstetter, auf Händen und Füßen hinaufklimmend, hatte den Sims erreicht.

„Guckt da — da — da ist einer 'raufgeklettert!"

Staunend schaute die Menge. Man begriff nicht, was der Mann da oben wollte.

Der Feuerwehrmann war inzwischen nach kurzer Anweisung seines Vorgesetzten auf der Leiter emporgestiegen.

Drei Männer standen nun in der Höhe, jeder von dem anderen nur einen knappen Meter entfernt.

„Sassen", sprach Kurt den Burschen auf der Mauer an, „schauen Sie her. Können Sie den Schritt hier herüber versuchen? Ich stütze Sie. Von hier aus erreichen Sie bestimmt die Leiter."

„Geht nicht, Chef. Da reiß' ich Sie mit 'runter. Wenn ich andersherum stände, dann ginge es vielleicht. Aber ich kann mich nicht drehen, nicht einen Millimeter."

„Reichen Sie mir die Hand, Sassen, riskieren Sie den Schritt!"

„Nee, Chef, ich riskier' nicht, daß wir alle beide kaputt gehen."

Er wandte nun aber doch vorsichtig den Kopf. Kurt beobachtete ihn genau.

„So nah?" sagte Sassen, als er den Ingenieur auf dem Sims sah. Er streckte die Hand sehr bedächtig aus, drehte den Kopf und Oberkörper noch ein wenig mehr —

„Die Sonne!" schrie er, und zugleich polterte und krachte es.

An Kurt vorbei sauste der Körper in die Tiefe. Steine prasselten, es dröhnte um ihn her. Ein Stein streifte seine Schulter.

Fest an die Wand gepreßt, krampfhaft mit den Fingerspitzen einen Halt in den rückwärtigen Mauerfugen suchend, hielt Kurt Brandstetter stand.

Sassen hatte noch sagen können, die Sonne habe ihn geblendet, dann war er schnell und klaglos gestorben.

Nachdem er im Büro Bericht erstattet hatte, fuhr Kurt langsam heim.

Es war sehr spät geworden.

Ingrid kam mit den Kindern, kurz nachdem sich Kurt ein wenig gewaschen und erfrischt hatte.

Sibylle und Holger schwatzten vergnügt und bestürmten den Vater.

„Ich habe den Teddy gewonnen, Vati!" Holger zeigte den kleinen Bär wie eine kostbare Trophäe.

Sibylle hopste um den Vater herum und schwenkte an einem Gummifädchen den kleinen Stoffball, den sie bekommen hatte.

Ingrid spürte sofort, daß etwas geschehen sein mußte.

Selbst das Lächeln, das Kurt den Kindern schenkte, verwischte nicht den tiefen Ernst seiner Augen.

„Ist etwas passiert?" fragte sie. „Fühlst du dich nicht wohl?"

„Nachher sage ich es dir", wehrte er ihrer Besorgnis.

„Kurt!"

Da war schon wieder die Angst. Er sah es an ihren Augen und strich ihr lächelnd eine widerspenstige Locke aus der Stirn.

„Du brauchst dich nicht zu fürchten, Ingrid."

Die Kinder bestürmten den Vater aufs neue.

„Vati, guck mal, Vaaatiii!"

„Und gerudert haben wir —"

In dem Lärmen und dem Frohsinn der Kinder gingen für den Augenblick alle weiteren Fragen und Erklärungen unter.

Erst als Sibylle und Holger in ihren Betten lagen, fanden die Eltern Ruhe, über das Geschehene zu sprechen.

Vorgebeugt, mit angehaltenem Atem hörte Ingrid zu. Je und dann kam ein Ausruf von ihren Lippen, ein Stöhnen. Bleich wie ein Leinentuch lehnte sie im Sessel, als Kurt mit seinem Bericht zu Ende gekommen war.

„Wie konntest du so etwas wagen?" fragte sie dumpf, „hast du nicht an uns gedacht, an mich, an die Kinder?"

„Ich habe weder an dich noch an die Kinder gedacht. Ich sah den Mann in dieser verzweifelten Lage und konnte nur denken, man muß alles versuchen, ihm zu helfen. Eine Frau kann das wahrscheinlich nicht begreifen. Sie würde immer zuerst an die Kinder denken und vielleicht an den Mann."

„Und als dieser Unglückliche in die Tiefe stürzte, hast du dir dann überlegt, daß — oh, es ist furchtbar, es ist nicht auszudenken, was dir hätte zustoßen können?"

„Ja, als ich da oben stand und die Trümmer neben mir niederbrachen, durchfuhr mich der Gedanke: Wenn du jetzt hinunterstürzt — wenn du jetzt vor das Angesicht Gottes treten müßtest?"

„Das — daran hast du gedacht? Bedeuten wir dir so wenig?"

„Ach nein, nein, das ist es nicht! Aber du hast vielleicht recht, es ist erstaunlich oder zumindest merkwürdig, daß ich nicht an euch gedacht habe, sondern daran, was wäre, wenn ich mit Sassen da unten läge. Und sogleich war auch die Antwort da. So absurd es in diesem Zusammenhang erscheinen mag, die Antwort dröhnte in meinem Hirn in der Form eines Filmtitels, den ich neulich in schreienden Lettern auf einem Kinoplakat las: ‚Verdammt in alle Ewigkeit'!"

Ingrid war fassungslos. Entsetzen und Nichtbegreifen las Kurt in ihren Augen. Er selbst schwieg. Das Erlebnis des Nachmittags machte ihm erneut zu schaffen. Ein Schwerverletzter. Ein Toter. Einer lebt. Er.

Seine Bemerkungen, diese wenigen Worte, hatten Ingrids Gedanken eine neue Richtung gegeben. Halbvertraute, halbfremde Vorstellungen bemächtigten sich ihrer. Zögernd, fragend wandte sie sich ihrem Mann zu: „Kurt, wie redest du denn? Du sprichst, als wärest du ein Verbrecher. Dabei bist du der beste Mensch von der Welt."

Er lächelte schwach.

„Meinst du, mir wäre in jenem kritischen Augenblick etwas so Banales in den Sinn gekommen, daß ich, wie man so sagt, ein anständiger Mensch bin? Nein, Ingrid, verdammt! hieß es und schrie mich förmlich an wie ein Urteilsspruch."

„Nun ja — der Schreck — es muß ja wie ein Schock gewesen sein!"

Ingrid schüttelte sich und fuhr fort: „Bei ruhiger Überlegung mußt du nun aber zugeben — verdammt — so schlimm ist es wohl nicht."

„Bei ruhiger Überlegung — das ist es ja gerade, Ingrid, was so unwahrscheinlich ist. Als ich später, auf der Heimfahrt, darüber nachdachte, und jetzt, da wir darüber sprechen, kommt mir erst ganz zum Bewußtsein, daß ich nie vorher in meinem Leben so klar und scharf und eindeutig erkannt habe, wie es in Wirklichkeit um mich steht. Trotz aller Anständigkeit und Christlichkeit, worauf man sich immer verläßt. Begriffe wie Sünde — Verdammnis — Tod — Gnade — Erlösung — plötzlich war das etwas! Plötzlich bekamen sie Bedeutung! Vorher waren es nur leere Worte für mich, mit denen ich nichts anzufangen wußte."

„Sünde — wenn ich das höre — sage mir nur das eine — wieso Sünde?"

Der Mann war aufgestanden und begann um den Tisch zu laufen, den Kopf in den Nacken gelegt, als müsse er irgendwo im Ungewissen die Antwort ablesen.

„Genau das habe ich vorher auch gefragt, wenn die Rede darauf kam. Sünde? Wieso Sünde?"

„Ich weiß, niemand ist vollkommen. Aber deswegen braucht man nicht gleich von Sünde zu reden."

Kurt Brandstetter spürte, er redete an seiner Frau vorbei. Er hielt inne in seinem Lauf durch das Zimmer und blieb vor Ingrid stehen. Schweigend sah er eine Weile auf sie nieder und sagte dann leise: „Ich kann dir darüber keinen theologischen Vortrag halten, liebes Herz."

Ingrid blieb stumm. Er nahm seinen Lauf um den Tisch wieder auf und sprach weiter.

„Damit, daß dieses ‚Verdammt' vor mir stand, war es noch nicht zu Ende, damit fing es eigentlich erst an. Da war also Sassens Schrei —" Er schloß einen Augenblick die Augen und schwieg.

„Verdammt —", fuhr er dann leise und wie zu sich selber redend fort, „und dann war es, als risse ein Vorhang entzwei, und ich begriff es schlagartig, was es heißt: ‚... der mich verlorenen und verdammten Menschen erlöst hat'."

Ingrid lauschte, leicht vorgeneigt. Und da ihr Mann sich nun zu ihr setzte, legte sie ihre Hände auf seine Knie und sah ihn fassungslos an.

„Ach, Kurt, ich verstehe das alles nicht. Ich bin nur froh, daß dir nichts passiert ist."

„Ja, Ingrid, es ist mir klar, daß du das nicht verstehen kannst. Mir selbst ist es noch ganz neu. Man wird eben nicht ‚Sünder' durch ein Verbrechen, man ist es von Natur. Und darum brauchen wir die Erlösung. Theoretisch habe ich das schon immer gewußt, denn meine Eltern haben uns das alles von Kind auf nahegebracht. Aber praktisch, erlebt als Wirklichkeit, kam es auf mich zu, als ich dort oben auf der Mauer stand. Wie solltest du verstehen, was ich selbst erst noch begreifen lernen muß."

Ihre Arme fielen schlaff herab. Sie wandte sich ab und ging zur Tür. Im Vorbeigehen nahm sie Sibylles Täschchen auf, das das Kind achtlos auf einen Stuhl geworfen hatte.

Ehe sie hinausging, sah sie noch einmal zu ihrem Manne hin.

Da kam er auf sie zu und schloß sie in die Arme.

Wenn man Ingrid nur dem steten Einfluß ihrer Mutter entziehen könnte, dachte Marianne genauso wie ihr Bruder Kurt. Das sagte sie auch ihrer Mutter, als sie eines Tages auf Ingrid zu sprechen kamen.

Frau Brandstetter schüttelte den Kopf.

„Wie denkst du dir das? Soll Frau Misgeld fremde Leute in ihr Haus nehmen? Sie hat das Haus ihrer Tochter überschrieben, es war das Hochzeitsgeschenk. Man kann nicht alle Dinge ändern, die unbequem sind."

„Es handelt sich nicht so sehr um das Unbequeme, als vielmehr um das Gefährliche des Zusammenwohnens. Du ahnst nicht, wie stark der Einfluß ihrer Mutter ist. Es ist unheimlich, Mutter. Sie kann sich nicht lösen."

„Einen Faktor hast du nicht in deiner Rechnung, den wichtigsten."

Marianne errötete leicht.

„Ich weiß, Mutter. Aber soll man zusehen, wie vielleicht die Ehe der beiden unglücklich wird, wie sie sich entfremden?"

„Das brauchen wir nicht mehr zu fürchten. Du weißt um das Erlebnis deines Bruders auf der Baustelle. Wollen wir nicht lieber vertrauen, daß Gott alles zurechtbringt, als Mittel zu ersinnen, wie wir Ingrid von ihrer Mutter trennen könnten?"

Beschämt nickte Marianne.

Zunächst versprach sich Marianne einiges von ihrem gemeinsamen Ferienaufenthalt, der mit Ingrid und den Kindern geplant war. Da Kurts Urlaub erst im September begann — er war sonst mit seiner Familie gereist —, war man zu dieser Lösung gekommen, daß Marianne Ingrid begleiten sollte, damit sie mit den Kindern nicht allein sei.

Mama war es zu anstrengend, mit den Kindern zu fahren.

An einem Wochenende brachte Kurt seine Frau und die Kinder mit ihrer geliebten „Ta Majanne" an die See.

„Quält Tante Marianne nicht so viel", ermahnte er seine beiden Trabanten.

„Och, Ta Majanne spielt aber gern mit uns", versicherte Holger.

Marianne meinte, sie werde schon zu ihrem Recht kommen, was Ruhe und Erholung betreffe. Am Strand gebe es für die Kinder viel Gelegenheit zum Spielen, da werde sie oft genug entbehrlich sein.

So war es auch. Sibylle und Holger bauten mit anderen Kindern zusammen Burgen, große Sandkuchenbäckereien wurden aufgemacht. Die Frauen hatten manche Gelegenheit zu ruhigem Gespräch. Dabei schauten sie den Spielen der Kinder zu. Marianne erzählte von ihren Kindergartenerlebnissen, oder Ingrid las der Schwägerin vor, wenn diese eine Handarbeit mitgenommen hatte.

Eines Tages, als die Kinder nach dem Essen ihren Mittagsschlaf hielten, schrieb Ingrid an ihre Mutter.

„Soll ich Mama von dir grüßen?" fragte sie die Schwägerin.

„Ja, tue das. Ich fürchte zwar, sie legt keinen besonderen Wert darauf. Sie ist seit einiger Zeit mir gegenüber sehr kühl."

Da Ingrid rot wurde, fuhr Marianne fort: „Hat deine Mutter etwas gegen mich? Du scheinst Bescheid zu wissen."

„Ach —", machte Ingrid verlegen und steckte den Brief in den Umschlag.

„Sag's ruhig. Dein Ausweichen macht mich neugierig. Wenn ich etwas getan habe, was deine Mutter gekränkt hat, will ich mich gern entschuldigen. Es ist mir jedoch nichts bewußt."

Ingrid schwieg. Sie schrieb die Adresse und kramte in der Schreibmappe nach einer Briefmarke.

„Warum sagst du nichts? Man kann so etwas nur aus der Welt schaffen, wenn Klarheit herrscht."

Der Brief war nun postfertig. Die junge Frau stand auf und trat auf den Balkon hinaus. Marianne folgte ihr.

„Ich will dich nicht quälen. Deine Verlegenheit sagt mir, daß etwas nicht in Ordnung ist."

„Es ist — ich glaube, Mama ist dir gram um — den Zwergefeu."

Marianne begriff nicht.

„Um welchen Zwergefeu?"

Ingrid rang sich jedes einzelne Wort vom Munde: „Den — du — Kurt — zum Geburtstag — geschenkt — hast."

„Das verstehe ich nicht. Was hat das Verhältnis deiner Mutter zu mir mit meinem Geburtstagsgeschenk für meinen Bruder zu tun? Das ist wirklich rätselhaft."

„Ausgeschlafen, ausgeschlafen!" tönte es aus dem Zimmer, und schon hatten Holger und Sibylle die beiden auf dem Balkon entdeckt.

„Ta Majanne, Mutti, los, wir wollen ganz schnell wieder zum Strand."

Marianne fing noch einen gequälten Blick der Schwägerin auf, ehe die Kinder sie mit Beschlag belegten. Sie nahm sich vor, der Sache auf den Grund zu gehen.

Später, als sie im Strandkorb saßen und die Kinder im Sande in ihr Spiel vertieft waren, bat Marianne um nähere Erklärung.

„Du mußt entschuldigen, wenn ich noch einmal auf unser Gespräch von eben zurückkomme, obwohl es dir nicht ganz angenehm ist. Ich kann mich nicht damit begnügen, zu wissen, daß Mama sich über meinen Efeu ärgert. Wieso kann es sie kränken, wenn ich meinem Bruder einen Wunsch erfülle, den er einmal geäußert hat? Ich kann mir nicht vorstellen, daß ausgerechnet deine Mutter ihm diesen Wunsch erfüllen wollte und ich ihr damit zuvorgekommen bin."

Ingrid bückte sich, nahm eine Handvoll Sand auf und ließ ihn durch die Finger rinnen.

„Gut, wenn wir nun schon einmal dabei sind — Zwergefeu —"

Vergeblich suchte sie nach Worten. Marianne kam ihr zu Hilfe.

„Wenn wir nun schon einmal dabei sind", wiederholte sie die Worte der Schwägerin, „wirst du mir am besten erzählen, was es zu bedeuten hat. Ich fange an zu begreifen. Wie ich deine Mama kenne, hat es mit dem Efeu wohl etwas auf sich?"

Ingrid nickte.

„Und was hat es auf sich?"

„Du glaubst ja nicht daran, wenn Mama etwas — etwas — wie soll ich sagen — hm — wenn Mama etwas prophezeit. Aber ein bißchen Wahrheit ist immer dran."

Marianne schwankte zwischen Unwillen und Belustigung.

„Kommt nun in bezug auf den Efeu so etwas wie: schwarze Katze über dem Weg oder zerbrochener Spiegel oder Ruf des Käuzchens, drei Nächte hintereinander? Nun sag schon, was ist mit dem Efeu?"

Ingrid setzte das Spiel mit dem Sand fort. Sie schöpfte ihn mit der hohlen Hand und ließ ihn rinnen. Sie sah ihrem Spiel zu und vermied es, Marianne anzusehen.

Endlich, nach einer langen Pause, begann sie mit einem tiefen Seufzer: „Ich will es selbst nicht glauben. Ich versuche, darüber zu lachen oder wenigstens nicht daran zu denken. Allein, es ist wie bei einer Uhr, die im Zimmer tickt. Tag und Nacht tickt sie und schlägt und tickt. Man achtet nicht darauf. Bis auf einmal, da horcht man auf und weiß plötzlich, die Uhr tickt, die Uhr hat geschlagen. So ist das, wenn Mama orakelt. Eine Zeitlang vergißt man es, denkt nicht daran — bis, ja — bis es einem auf einmal wieder einfällt und man erschrickt, und man kann nicht darüber lachen."

„Du hast mir noch nicht gesagt, was es mit dem Efeu auf sich hat."

Keine Antwort. Der Sand rann durch Ingrids Hand.

„Hast du im Zusammenhang mit dieser harmlosen Pflanze irgendwelche Befürchtungen?"

Marianne spürte, hier war eine Erklärung für die Nervosität der Schwägerin, und sie wollte jetzt der Sache möglicherweise ein Ende bereiten.

Ingrid nickte nur mit dem Kopf.

„Willst du mir nicht sagen, was du befürchtest?"

„Ich — ich kann — ich möchte es nicht sagen. Ich glaube es ja auch gar nicht."

„Du glaubst es nicht? Warum bedrückt es dich dann? Sprich dich doch aus. Ich werde schweigen. Sprich dich aus, dann wird es dir leichter."

Ingrid unterbrach ihr Spiel mit dem Sand, richtete sich auf und sah geradeaus auf das Meer hinaus.

„Sieh, Marianne, das ist so. Ich will es nicht glauben. Ich lache mich selber aus. Aber dann steht Mama vor mir und schaut mich an, und in ihren Augen steht ganz deutlich die Drohung von dem, was nach ihrer Meinung kommen wird, kommen muß."

„Ja, deine Mutter hat viele abergläubische Ideen. Ich habe davon durch dich schon manche Kostprobe bekommen. Hat sich von ihren Prophezeiungen jemals etwas erfüllt?"

„O ja!"

„Zum Beispiel?"

„Das mit dem Käuzchen — aber das läßt du ja nicht gelten. Du hast mir früher einmal erklärt, wie die Sache zusammenhängt. Das leuchtet mir auch ein. Aber es gibt so viele Dinge, bei denen man sich in acht nehmen muß, weil sie Unglück bringen oder bedeuten. Mir fällt jetzt nicht gerade etwas ein, was nach Mamas Voraussage eingetroffen ist."

Marianne meinte skeptisch: „Du müßtest geradezu vom Unglück verfolgt sein — überhaupt alle Menschen — wenn all das einträfe, was abergläubische Leute von Katzen und Spinnen und Käuzchen und was weiß ich faseln. Ich habe jedoch nicht den Eindruck, daß du dauernd Unglück hättest, was man so unter Unglück versteht."

„Ja, Marianne, für die meisten Dinge hat Mama sozusagen ein Gegenorakel. Um ein Beispiel zu nennen, mir fällt gerade nichts Besseres ein — du kennst das doch, wenn man etwas beruft, wie man so sagt —"

„Beruft? Nein, ich kenne mich im Sprachgebrauch des Aberglaubens nicht aus."

„Du kennst es bestimmt. Hör zu, nehmen wir an, viele Leute bekommen die Grippe. Nun sagt einer: ‚Ich habe sie nicht gehabt'. Dann fügt er hinzu: ‚Ich will es nicht berufen'. Oder er sagt: ‚Ich will es nicht beschreien'. Dabei klopft er auf Holz, toi, toi, toi. Du brauchst darüber nicht zu spotten. Es ist nur ein Beispiel, und mir ist es ernst genug."

Marianne hatte den Unwillen nicht ganz verbergen können. Gezwungen lächelnd sagte sie: „Ja, das kenne ich, da hast du recht. Dieses ‚Auf-Holzklopfen' und ‚toi, toi, toi' rufen, das findet man häufig sogar bei ganz vernünftigen Leuten, von denen man es nicht erwartet. Ich bin dann versucht zu sagen, sie sollten getrost an ihren Kopf klopfen, wenn sie gerade kein Holz zur Hand hätten. So etwas kann ja nur einem Holzkopf entspringen."

„Du nimmst das so — so — ich weiß nicht wie. Ich kann

dir sagen, sogar unser guter alter Doktor Heinemann sagt es oft genug, das ‚Toi, toi, toi'."

„Eben, das meine ich ja, man findet es sogar bei sonst ganz vernünftigen, ja klugen Leuten. Ich kann mir nicht vorstellen, was sich die Leute eigentlich dabei denken. Oft sind es solche, die sich sonst was einbilden auf ihre Aufgeklärtheit, Leute, die buchstäblich nichts glauben als das, was sie sehen, wie sie behaupten. Wobei sie gänzlich vergessen, daß man, was man sieht oder beweisen kann, nicht mehr zu glauben braucht. Und so lächerlich, wie du meinst, Ingrid, ist mir das Ganze denn doch nicht. Menschlich gesehen ist es gewiß lächerlich. Aber es ist zugleich unheimlich, ich möchte sagen dämonisch. Wer sich dem ausliefert..."

Marianne befürchtete, zuviel zu sagen, darum hielt sie inne.

Ingrid schwieg, und so fuhr sie nach kurzer Pause fort: „Sei bitte nicht böse, ich will dich nicht kränken. Ich möchte dir nur helfen. Darum sage mir, was tut man gegen den Efeu?"

Die junge Frau sah verlegen auf ihre Hände.

„Ist es so schlimm?" forschte Marianne weiter. „Ich will dir keineswegs einen Blumentopf gegen den Efeu schenken. Vielleicht kann ich dir aber die Sinnlosigkeit deiner Vermutungen begründen, die dir deine Mama immer wieder eingeredet hat."

Mit einer hilflosen Gebärde sah Ingrid ihre Schwägerin an. Um ihren Mund zuckte es.

Marianne verstummte. Sie lehnte sich zurück und sah zum Himmel hinauf. Ein paar weiße Wolken, riesenhaften Watteballen gleich, zogen auf dem blauen Grund dahin. Sie tadelte sich im stillen, daß sie Ingrid mit ihren Fragen so zugesetzt hatte.

Da sagte diese: „Ihr könnt alle sagen, was ihr wollt, es ist doch etwas dran."

Sie erhob sich, klopfte sich den Sand vom Strandrock und ging zu den Kindern, die ihr sogleich die Hand mit feuchten Sandkuchen füllten.

Trotz der mißglückten Aussprache wurde Ingrid ruhiger. Mariannes heiteres, gleichmäßiges Wesen wirkte günstig auf die junge Frau. Dazu kam, sie war den mahnenden, warnenden Augen ihrer Mutter entrückt.

Sorglos flossen die Tage dahin. Kurt schrieb regelmäßig, rief manchmal abends an. Das Leben ging in ruhigem Gleise, und Ingrid war geneigt, Marianne recht zu geben, wenn sie den Aberglauben verurteilte und für sinnlos hielt. Ja, sie schämte sich ein bißchen ihrer Ängstlichkeit. Sooft der Gedanke an den Efeu in ihr lebendig wurde, schob sie ihn gewaltsam von sich.

Einmal sagte sie zu Marianne: „Ich sehe ein, es ist ganz einfach dumm, auf Mamas Orakel zu hören. Ich werde ihr demnächst sagen, daß ich all das Zeug nicht mehr glauben will."

Marianne hütete sich zu äußern, wie schwer es für Ingrid sein werde, sich ihrer Mutter gegenüber zu behaupten. Sie wußte nur zu gut, dieser Vorsatz war so einfach gar nicht durchzuführen. Das eine machte sie froh, Ingrid starrte nicht mehr so oft mit verstörtem Blick ins Leere. Solche Anwandlungen, Marianne war sich jetzt klar darüber, bekam Ingrid immer, wenn sie an die Sache mit dem Efeu dachte.

Wie ernst diese Angelegenheit war, erkannte Marianne eines Tages, als am Morgen der gewohnte Brief von Kurt ausblieb, der regelmäßig zweimal in der Woche kam.

Ingrid ließ sich scheinbar trösten von Mariannes Vermutung, Kurt werde wahrscheinlich am Abend anrufen. Aber der Anruf blieb aus.

Als auch am nächsten Morgen die Post keinen Brief für Ingrid brachte, wurde sie bleich. Sie legte das angebissene Brötchen auf den Frühstücksteller und sagte: „Was mag nur sein? Warum schreibt er nicht? Ich habe Angst!"

„Meinst du Vati?" fragte Sibylle, der die Aufregung der Mutter nicht entging.

Marianne schaltete sich ein.

„Iß ruhig, Bille. Vati hat wahrscheinlich sehr viel Arbeit und zum Briefschreiben keine Zeit gehabt."

Das Vertrauen, das die Kinder in ihre Tante setzten, war groß genug, sie zu beruhigen. Anders war das bei Ingrid. Sie schwieg jetzt, da der Blick, den Marianne ihr zuwarf, deutlich genug war.

Es war trübe, und ein kühler Wind kam vom Wasser her. Marianne hatte Mühe, die Schwägerin davon zu überzeugen, daß die Kinder, warm angezogen, ohne Schaden zu nehmen, im Sand spielen könnten.

„Schließlich werden mir die Kinder auch noch krank", wandte Ingrid ein.

„Auch noch? Bitte, sei ein ganz klein wenig vernünftig. Außer Krankheit kann es noch hundert andere Gründe geben, daß Kurt nicht schreibt!"

„Ja, eben, hundert Gründe! Ich darf gar nicht daran denken, was alles passiert sein könnte."

„Wenn etwas passiert wäre, hättest du bestimmt Nachricht. In einem solchen Fall wird telegraphiert. Kannst du dir das nicht denken? Glaubst du, man würde dich nicht sofort benachrichtigen, wenn mit Kurt etwas Beunruhigendes geschehen wäre?"

Mittags, als sie vom Strand kamen, fragte Ingrid im Büro der Pension, ob für sie angerufen worden sei.

Nein, niemand hatte telefonisch nach ihr verlangt.

„Das müßte dich beruhigen", meinte Marianne.

Aber Ingrids Nervosität steigerte sich statt dessen im Laufe des Nachmittags von Stunde zu Stunde.

Marianne war auf den Vorschlag ihrer Schwägerin eingegangen, den Nachmittag im Garten hinter dem Haus zu verbringen. Sie ahnte, Ingrid wartete auf eine Botschaft, einen Anruf oder ein Telegramm.

Die Kinder langweilten sich und wurden unleidlich. So ging Marianne später noch mit ihnen an den Strand hinunter. Beim Abendessen fand sie Ingrid so aufgeregt, daß sie fast ratlos war.

Nicht einmal im Beisein der Kinder versuchte die Mutter sich zu beherrschen. So sorgte Marianne dafür, daß Bille und Holger bald ins Bett kamen.

„Warum ist Mutti so böse?" fragte Holger.

„Mutti ist nicht böse, mein Junge. Es geht ihr nicht gut. Wir wollen recht lieb sein und sie nicht ärgern."

„Was ist denn mit Vati?" Sibylle verstand schon.

„Er hat zum Schreiben keine Zeit gehabt, Bille. Das hat Mutti gar nicht gern. Nun wollen wir Vati und Mutti und alle Dinge in Gottes Hände legen und ruhig schlafen."

Marianne fand Ingrid auf der Terrasse. Kaum hatte sie sich zu ihr gesetzt, brach die gestaute Angst aus Ingrid hervor.

„Er hat nicht geschrieben, er hat nicht angerufen — Marianne, ich habe vorhin in den Zeitschriften geblättert. Wenn ihm nur nichts passiert ist! Wenn ihm nur nichts passiert ist!"

„Was hat das mit den Zeitschriften zu tun?"

Ingrid vergaß alle Zurückhaltung.

„Drei Horoskope sagen fast dasselbe. Laß mich doch erst einmal ausreden und wehre nicht gleich wieder ab, als ob alles lächerlich wäre, was in den Zeitungen steht. Dann dürften sie es ja nicht drucken. Das ist doch eine Wissenschaft, ja, eine richtige, exakte —"

„Na — na — na —", rief Marianne dazwischen, aber Ingrid ließ sich nicht aus dem Konzept bringen.

„Ja, eine Wissenschaft! Das sieht man schon daran, daß alle drei Horoskope in ganz verschiedenen Zeitschriften im Grunde genommen übereinstimmen. Sie schreiben, daß sich der Stier gerade in dieser Woche in acht nehmen müsse."

„Ah — zur Abwechselung ist bei dir mal das Horoskop dran. Weißt du, was deine Unruhe hervorruft, was dich so unsicher und ängstlich macht? Ich muß es einmal klar und ohne Umschweife aussprechen. Du glaubst an tausend Dinge, aber du glaubst nicht an Gott."

Ingrid lachte ein hysterisches Lachen.

„Hahaha — jetzt machst du es wie Kurt. Er hat zwar nicht so geradeheraus gesagt, daß ich nicht an Gott glaube. Er hat aber dasselbe gemeint. Ich weiß, ich bin ein Sünder. Und was sonst noch?"

Sie sprang auf.

„Ich kann hier nicht ruhig sitzen. Wenn du wüßtest, wie mir zumute ist, würdest du mir nicht obendrein solche Dinge sagen."

Marianne ging der Schwägerin nach, die Stufen zum Garten hinunter.

„Hör doch, armes Herz, ich will dir so gern helfen. Hast du alles vergessen, was wir neulich gesprochen haben? Vor ein paar Tagen erst hast du gesagt, du wolltest all das Zeug nicht mehr glauben."

„Du weißt nicht, wie das ist. Es fällt einfach über mich her. Ich komme nicht davon los."

„Wenn du an Gott glauben, wenn du ihm vertrauen würdest, könnten dich Dinge wie dieser Efeu, und was es sonst sein mag, nicht ängstigen. Der Glaube, den du gewohnheitsmäßig in der Kirche bekennst, hat in Wahrheit keinen Platz in deinem Herzen, weil du völlig verstrickt bist in den Aberglauben, in dieses Netz von Zauberei und heidnischen Symbolen."

„Was hilft mir dein Predigen? Sag lieber, was ich tun soll!"

„Was du tun sollst, um glauben zu können?"

„Ach, das meine ich nicht. Was ich tun soll, damit Kurt nichts passiert. Ich will ja gern Tag und Nacht darum beten."

„So meinst du das? Du nimmst an, wenn du betest: ,Laß Kurt nichts passieren!' so müßte Gott ihn behüten? Damit, Ingrid, würdest du Gott zum Handlanger machen. Das hat mit Glauben nichts zu tun. Der Glaube sagt: Dein Wille geschehe, auch wenn es nicht so geht, wie wir es uns wünschen."

„Das ist alles schön und gut, aber es hilft mir nicht. Ich habe Angst, Angst, Marianne! Du kannst dir nicht vorstellen, wie große Angst. Das macht mich elend. Das macht mich nervös. Und die Angst hört nicht auf, ehe ich nicht die Gewißheit habe, Kurt ist nichts passiert. Da kannst du hundertmal Gott und Jesus sagen und was ihr so auf Lager habt, ihr Brandstetters, ihr habt gut predigen. Christus — Erlöser — wenn er mich nur erlösen wollte von meiner Angst."

Marianne fühlte, zutiefst entmutigt: All ihr Reden war vergeblich. Ernst, fast traurig sagte sie: „Wenn ich auch immer um deine abergläubischen Ideen gewußt habe, jetzt erst sehe ich, wie sehr dich der Aberglaube beherrscht. Erschreckend ist das. Jede Einsicht geht dir darüber verloren. Du wirst unlogisch", sie zögerte, ein anderes Wort für ‚hysterisch' suchend, „launisch, beinahe albern, auch wenn man ganz ruhig und vernünftig mit dir redet."

„Ruhig und vernünftig reden nennst du es, wenn du mich mit Vorwürfen überhäufst?"

Marianne kam nicht dazu, Ingrid zu antworten.

Vom Hause her kam winkend das junge Hausmädchen gelaufen.

„Frau Brandstetter, ans Telefon bitte, ein Anruf für Sie."

Marianne sah der Schwägerin nach, die quer über den Rasen lief, im Haus verschwand. Das Herz war ihr schwer. Helfen — nein, ein Mensch kann da nicht helfen, dachte sie traurig. Sie überlegte, ob sie dem Bruder erzählen solle, wie sehr seine Frau noch immer dem Aberglauben verhaftet war, ob es nicht doch einen Weg gäbe, sie dem Einfluß ihrer Mutter zu entziehen. Da fielen ihr die Worte ein: „Wollen wir nicht lieber vertrauen, daß Gott alles zurechtbringt?" Und sie sah ein, ihr eigener Glaube müßte größer, ihr Vertrauen in Gottes Führung tiefer werden.

Ingrid kam zurück. Marianne brauchte nichts zu fragen.

„Es geht ihm gut! Er hatte seinen BDA-Abend und ist daher nicht zum Schreiben gekommen. Ich bin so froh! Sag, war ich sehr häßlich zu dir? Habe ich dich sehr gequält?"

„Du hast dich selber am meisten gequält."

„Wenn ich nur ein bißchen ausgeglichener sein könnte! Wenn ich nur die Hälfte von deiner Selbstbeherrschung hätte, Marianne."

„Der Glaube würde dir helfen, würde dich ausgeglichener machen."

„Mariannchen, liebes, gutes, bitte predige nicht mehr. Ich bin viel zu froh, um jetzt über solche Dinge zu reden", bat Ingrid.

Wie verabredet, holte Kurt Brandstetter seine Frau, die Kinder und Marianne ab, um dann mit Ingrid zum Schwarzwald zu fahren.

Sibylle und Holger freuten sich auf die Zeit, in der sie mit Großmutter Brandstetter allein sein würden. Ohne weitere Begründung sagten sie: „Großmutter ist lieb."

Ingrid fuhr strahlend, aller Sorgen ledig, in den sonnigen Herbsttag hinein. Solange Kurt an ihrer Seite war, kam ihr nicht der Gedanke, daß ihm etwas zustoßen könnte. Nach den Wochen unter Mariannes Einfluß, fern von Mama und ihren bedeutungsvollen Seufzern und Blicken, fühlte sich Ingrid wie befreit und lachte wieder einmal über sich selbst. Kurt war ebenfalls glücklich, als er seine Frau so heiter sah.

Nach einer herrlichen Fahrt den Rhein entlang, durch Täler und über waldige Höhen, erreichten sie gegen Abend ihr Ziel, ein stilles Schwarzwalddorf, das ihnen Bekannte empfohlen hatten. Das Zimmer war freundlich, die Bedienung aufmerksam, und die Verpflegung ließ nichts zu wünschen übrig.

Ein wenig störend empfanden sie eine Reisegesellschaft, die mittags an einer großen Tafel speiste. Es ging dort immer sehr lebhaft zu. Man traf die Leute auch manchmal auf Waldwegen, wo sie sich, schon ehe man sie sah, durch lautes Lachen und Reden ankündigten. Ein älterer Herr mit dicken Brillengläsern und einer spiegelblanken Glatze schien so etwas wie Reiseleiter zu sein. Er führte immer das große Wort. Bei Tisch gab er sein Wissen laut und vernehmlich zum besten. Welches Thema auch angeschnitten wurde, er wußte Bescheid.

Außenpolitik? Er gab sich als Experte. Verkehrsprobleme? Er löste sie aus dem Handgelenk. Fragen der Wirtschaft? Er wußte, wie es gemacht werden mußte.

„Merkwürdig, daß er nicht in der Regierung sitzt", sagte Kurt belustigt zu seiner Frau.

„Vielleicht sitzt er drin", antwortete Ingrid und gab dem Bebrillten den Namen „Alleswisser".

Er wußte auch über ganz alltägliche Dinge etwas zu sagen. Wetteraussichten — Mode — Schweinezucht — Blumenpflege — kein Gebiet, über das er nicht Auskunft geben konnte.

Unwillkürlich horchten auch die Gäste an den anderen Tischen auf, wenn der Alleswisser begann: „Meine Damen, meine Herren, das ist so..." Dann folgte ein Vortrag, zwischen Suppe und Braten, zwischen Gemüse und Kompott.

Ingrid und Kurt amüsierten sich und gingen dann ihre eigenen Wege, bemüht, eine Begegnung mit diesem Herrn und seinem Anhang zu vermeiden.

Da die Tage noch sommerlich warm waren, tummelten sie sich nachmittags im Schwimmbad, das in einem Tal, von hohen Tannen eingeschlossen, völlig windgeschützt lag.

Kurt gab sich ganz der Ruhe und Entspannung hin. Ingrids gleichmäßige Fröhlichkeit trug viel zu seiner Erholung bei.

Einmal, als sie auf einer Waldwiese im Gras lagen, war Ingrid nahe daran, von dem Orakel des Efeus zu sprechen und von der Angst, die sie gelitten hatte. Eine Scheu schloß ihr den Mund. Die Stunde war so schön und friedlich. Bienen summten um späte Blüten, deren es hier noch viele gab, rote und blaue, gelbe und weiße und lila. Libellen huschten mit bunten, glitzernden Flügeln vorbei. Mit lautlosem Flügelschlag strich ein Vogel über die Lichtung. Ingrid lag ganz still. Den Kopf ein wenig zur Seite drehend, sah sie ihres Mannes Profil zwischen den Halmen. Nein, den Frieden dieser Stunde durfte sie nicht stören. Sie fühlte sich in diesen Augenblicken sicher und gegen alles Böse gefeit.

Der Zwergefeu? Eine harmlose Pflanze, so hatte Marianne gesagt. Ja, sie hatte recht, eine harmlose Pflanze.

Ingrid kam nicht einmal der Gedanke an das „Gegenorakel", die Silberdistel, von der sie im Blumengeschäft erfahren hatte, sie blühe im September.

Und wie stand weiter im Lexikon?

„... auf steinigem Grasland; in Höhenlagen..."

Die Sonne schien, und das Leben war schön.

An einem der nächsten Tage kamen zwei Damen der Reisegesellschaft mittags etwas später zu Tisch. Sie waren erregt und berichteten laut genug, daß es alle hören konnten: „Entschuldigt die Verspätung. In unserem Zimmer" — sie sahen den Alleswisser an — „Sie müssen sich beschweren — in unserem Zimmer war eine dicke Spinne, igittigittigitt! Wo ich mich so graule vor Spinnen! Schon wegen der Bedeutung! Wenn sie mir mal morgens zu Gesicht käme!"

Kurt sah Ingrid an, Ingrid Kurt. Eine feine Röte stieg vom Hals in ihre Wangen und bis zum Haaransatz hinauf. Sie schwieg, aber ihr Blick sagte: „Siehst du!"

Mit einer Kopfbewegung deutete Kurt auf den Alleswisser, der sogleich seine Erklärung bereit hatte.

„Meine Damen, meine sehr verehrten Damen —", er nahm hastig zwei Löffel Suppe, „Sie werden doch in unserem aufgeklärten Jahrhundert nicht mehr an solchen Unfug glauben!"

Noch zwei Löffel, sein Teller war leer.

„Sehen Sie, meine Damen, mit den Spinnen, das ist so: Ursprünglich waren durchaus nicht die Spinnen gemeint mit dem Wort ‚Spinne am Morgen, bringt Kummer und Sorgen'. Nicht die Spinnen waren gemeint, sondern das Spinnen, das Spinnen mit dem Spinnrad. Wer schon am Morgen spinnen mußte, tat es um das tägliche Brot, und das war sehr kärglich, wenn man es mit Spinnen verdienen mußte. Daher das Wort. Mittags jedoch begannen meist die Bräute zu spinnen, die für ihre oft sehr große Aussteuer sorgten, daher heißt es: Spinnen am Mittag, Glück für den dritten Tag. Wobei nicht gesagt ist, daß man durch die Heirat unbedingt glücklich wird. Haha." Er lachte, damit man merken sollte, es sei ein Witz.

Ingrid neigte ihren Kopf und sah auf den Teller, um nicht Kurts Lächeln sehen zu müssen. Der Redner drüben am Tisch erklärte weiter, während die Bratenplatte herumgereicht wurde.

„Was nun das Spinnen am Abend anbelangt, von dem es heißt, es sei erquickend und labend, so bedarf es wohl keiner weiteren Erklärung."

Ingrid schaute auf. Kurts Blick traf sie, der ohne Worte sagte: „Siehst du!"

Der Alleswisser war ihr nun aus tiefster Seele zuwider. Aber dieser Mann sollte noch etwas ganz anderes heraufbeschwören.

Am nächsten Tag sprach man beim Mittagessen über die Alpensicht.

„Heute morgen in der Frühe konnte man die Bergkette der Berner Alpen sehen. Ein wunderbarer Anblick. Die weißen Gipfel ragten aus dem Nebeldunst in die Morgensonne, während die Täler verhüllt waren", erzählte ein Gast.

„Die Alpen?"

„Von hier aus?"

„Die sind doch mindestens 60 km entfernt!"

„Weiter, viel weiter!"

„Schneeberge? Richtige Schneeberge?"

So schwirrten die Stimmen durcheinander.

„Leider zeigt die klare Sicht schlechtes Wetter an", ließ sich der Alleswisser vernehmen.

Der Wirt mischte sich ins Gespräch.

„Wenn Sie, meine Herrschaften, das schöne Schauspiel genießen wollen, brauchen Sie nur durch den Obstgarten hinter dem Haus zehn Minuten weiter den schmalen Wiesenpfad zum Kogel zu gehen. Ich empfehle Ihnen, das gleich heute abend zu tun. Wer weiß, ob wir morgen noch günstiges Wetter und gute Sicht haben."

„Die Schwalben fliegen tief, das ist auch ein Schlechtwetterzeichen", ergänzte der Alleswisser.

„Sie haben hier noch Schwalben gesehen?" fragte der Wirt, und es war nicht festzustellen, ob es spöttisch oder skeptisch gemeint war.

Ingrid tippte ihrem Mann auf die Schulter.

„Hörst du das, nun ist der Alleswisser selber abergläubisch."

„Wieso?"

„Was er da von den Schwalben sagte."

„Schatz, jetzt verdrehst du die Dinge. Das hat mit Aberglauben nichts zu tun. Die Schwalben fliegen tief, schon ehe wir Menschen den Wetterwechsel bemerken. Das kommt daher: Die Insekten gehen nahe an die Erdoberfläche, wenn ein Tiefdruckgebiet heranzieht. Die Schwalben, die von den

Insekten leben, müssen also niedrig fliegen, wenn sie sie fangen wollen, und das tun sie im Flug."

„Es ist nur gut, daß ich einen Mann habe, der mir alles erklären kann", entgegnete Ingrid anerkennend.

An diesem Abend kehrten sie etwas früher als gewöhnlich von ihrem Spaziergang zurück. Sie machten sich auf den Weg zum Kogel.

Ingrid, das Gartentörchen hinter sich schließend, sagte bedauernd: „Schade, da sind schon alle die anderen. Der Alleswisser erklärt wahrscheinlich die Namen der Gipfel. Dabei ist mir das ganz gleichgültig, wie sie heißen."

„Wir hätten uns eine andere Stelle aussuchen sollen, von der aus man die Alpen sehen kann", meinte Kurt, „nun ist es zu spät. Bis wir ein günstiges Fleckchen gefunden haben, wird es dunkel."

Jetzt bemerkte Ingrid in dem dürftigen Gras rechts und links vom Pfad eine Menge strohiger, gelblich-weißer Blüten, kurzstielig ins Gras geduckt.

„Schau, Kurt, hier wachsen Strohblumen wild, davon werde ich mir auf dem Rückweg einige pflücken. Ich habe noch nie so große Strohblumen gesehen."

Sie gingen weiter und hörten schon bald die Stimme des Alleswissers herüberklingen. Näherkommend verstanden sie seine Erklärungen: „Dort, meine Damen, meine Herren, sehen Sie die Silberspitzen der Jungfrau. Links davon —"

Ingrid hatte nur flüchtig in die Richtung geschaut, in die der Mann zeigte. Auf dem Hang blühte es silbrig weiß, eine neben der anderen in verschwenderischer Fülle, Blüten, die Ingrid für Strohblumen hielt.

„Die Blumen", rief sie freudig aus, „sieh nur, Kurt, die vielen Blumen!" Sie hockte sich nieder, um einige zu pflücken.

Da saß schon ein Dorn in ihrer Hand. Der Stengel war hart und widerspenstig.

„Man braucht ein Messer, hast du eins bei dir, Kurt?" bat Ingrid.

„Halt, meine Dame!" Ingrid hatte nicht bemerkt, daß der Alleswisser aufmerksam geworden war und sie beobachtet hatte. Seinen Vortrag unterbrechend, kam er heran und bewies nun auch in bezug auf Pflanzen seine Kenntnisse.

„Sie wollen doch nicht etwa diese Silberdisteln abschneiden? Sie stehen unter Naturschutz!"

Ingrid erschrak heftig. Sie taumelte ein wenig, als sie sich aufrichtete. Ihr war, als habe sie einen Schlag gegen die Brust bekommen.

„Ich — weiß —", stammelte sie.

„Und trotzdem wollen Sie räubern? Aber — aber!" Der Mann drohte halb ernsthaft, halb scherzhaft mit dem Finger.

Alle Blicke waren jetzt auf Ingrid gerichtet.

„Ich wußte nicht, daß es Silberdisteln sind", matt kam es über ihre Lippen. Sie hatte alle Farbe verloren.

„Komm", Kurt zog sie sanft am Arm fort, „laß dich nicht ins Bockshorn jagen. Du brauchst nicht so zu erschrecken, als wäre es ein Staatsverbrechen, wenn du wirklich eins von den Dingern abgebrochen hättest. Der Herr Naturschützler wird zufrieden sein, daß er es verhindern konnte."

Ingrid hörte nicht die begütigenden Worte ihres Mannes, der dem Alleswisser soeben einen neuen Namen gegeben hatte. Schweigend ging sie neben Kurt zum Haus zurück. Er pfiff leise vor sich hin.

Ingrid aber dachte: Was wird Mama sagen, wenn ich eine Silberdistel mitbringe? Natürlich würde sie eine pflücken. Heute nacht würde sie es tun. Der Reim kam ihr in den

Sinn, in dem es hieß, eine Silberdistel, gepflückt um Mitternacht, könne gegen den Efeu und seine Wirkung helfen.

Ich muß mir alles genau merken! Wie ein Fieber war es mit einem Mal über sie gekommen. Werde ich die Blüten im Dunkeln erkennen? Wenn ich nur eine Taschenlampe hätte! Aber nein, Licht könnte mich verraten. An ein Messer muß ich denken. Zum Glück habe ich gemerkt, wie hart die Stengel sind.

Mit einem Schlage hatte das Wort „Silberdistel" das Unterste in Ingrid zu oberst gekehrt. Die guten Vorsätze waren dahin. Vergessen alle Mahnungen, Erklärungen.

Sie schritten unter den Bäumen auf das Gartentor zu. Ingrid graulte sich jetzt schon bei dem Gedanken, hier allein im Dunkeln gehen zu müssen. Oh, sie würde sich zwingen. Wie hätte sie eine solche Gelegenheit, um Mitternacht an eine Silberdistel zu kommen, versäumen können.

Mama würde dann nicht mehr unken können. Sie würde nicht mehr angstvoll und Unglück verheißend blicken dürfen.

Ingrid malte sich aus, wie sie vor der Mutter stehen würde. „Was willst du, Mama, ich habe die Silberdistel. Was kann der Efeu Kurt noch schaden?" Ach, Mama würde genauso froh und erleichtert sein wie sie selbst!

„Man sollte sich die Stimmung nicht so leicht verderben lassen", sagte jetzt Kurt. „Der Mann hat es gewiß nicht böse gemeint. Er macht sich halt gern ein bißchen wichtig."

Ingrid sah ihn an. Im ersten Augenblick wußte sie gar nicht, wovon er eigentlich sprach.

„Wichtig? Ach, du meinst den Alleswisser." Sie lachte leise. „Ich habe gar nicht mehr an ihn gedacht, Kurt. Ich bin viel zu froh, als daß der mich ärgern könnte."

Verwundert schaute Kurt seine Frau an. War sie eben

nicht verwirrt und sehr erschrocken gewesen? Jetzt aber, da sie mit einem heiteren Lächeln seinen Blick erwiderte, meinte er: „Das ist recht. Wir wollen gar nicht mehr daran denken."

Dann machte er einen Vorschlag, was man am nächsten Tag unternehmen könnte, falls es das Wetter erlaube.

Als sie ins Haus traten, stand in der Diele der Schornsteinfeger.

Die Wirtin zählte ihm Geld in die offene Hand.

„Oh, ein Schornsteinfeger!" rief Ingrid aus. Es ging wieder einmal mit ihr durch. „Das bedeutet Glück! Weißt du das?"

Kaum ausgesprochen, errötete sie tief. Kurt sah sie an, ernst, beinahe traurig.

„Ingrid", sagte er nur.

Nach dem Abendessen bestellte sich Ingrid eine Tasse starken Kaffee.

Kurt, der gerade einen Blick in die Zeitung warf, sah sie über das Blatt hinweg an: „Vorm Schlafengehen starken Kaffee? Du wirst danach nicht schlafen können."

Ingrid antwortete nicht. Wie hätte sie ihm sagen können, daß sie nichts anderes wollte als möglichst lange wach bleiben.

Wie erwartet, blieb die Wirkung des anregenden Getränks nicht aus. Längst hörte Ingrid die gleichmäßigen Atemzüge ihres Mannes, und es war noch nicht Mitternacht.

Die junge Frau richtete sich im Bett auf und lauschte.

Das Haus war still. Leise schlüpfte sie ans Fenster. Hinter dem Walde drüben war ein tiefroter Schein. Brannte es irgendwo? Das Rot flackerte nicht. Kein Rauch war zu spüren.

Das ruhige Licht kam vom Mond, der jetzt seine Scheibe voll und rund heraufschob.

Ein freudiger Schreck fuhr ihr durch die Glieder.

Vollmond! Das war ganz besonders günstig! Welch ein Glück!

Aha, der Schornsteinfeger!

Wie spät mochte es sein? Ob es genau Mitternacht sein mußte, wenn man die Blume brach?

„Jeden Tag, und was er bringt, aus Gottes Händen nehmen — fürchte ich kein Unglück —"

So unvermittelt diese Gedanken kamen, so schnell waren sie zerstreut.

Eine Silberdistel, gepflückt um Mitternacht, was ist dabei? Schaden kann es auf keinen Fall, widersprach's in ihr.

Sie erhob sich, nahm den Morgenrock um, griff in Ermangelung eines Messers nach der Nagelschere und bückte sich nach den Pumps.

Kurt schlief tief und fest. Er lag fast reglos. Sie hörte kaum seinen Atem.

Leise — leise die Tür aufklinken — auf Strümpfen die Treppe hinunter — Stufe für Stufe — zwischendurch anhaltend, lauschend.

Hinter einer Tür im Erdgeschoß schnarchte jemand ziemlich laut.

Die nächste Stufe. Wie ein Schuß tönte das Knacken des Holzes unter ihrem Fuß durch die nächtliche Stille. Angstvoll blieb sie stehen.

Stille im Haus, nach dem unerwarteten Krachen der Stufe beängstigender als zuvor.

Der unbekannte Schläfer hatte aufgehört zu schnarchen. War es vielleicht der Wirt? Hatte der Lärm der Stufe ihn geweckt? Ingrid hörte, wie sich ein schwerer Körper im Bett herumwarf. Ihr Herz hämmerte wild. Sie fühlte einen Druck in der Kehle, der ihr fast den Atem nahm.

Da hob das Schnarchen wieder an.

Jetzt schnell die letzten beiden Stufen nehmen. Da waren die kalten Fliesen, der Hausflur. Mit vorgestreckten Händen tastete sie sich zur Hoftür. Sie fühlte etwas Weiches, Kaltes und hätte beinahe aufgeschrien. Da fiel ihr ein, der Kleppermantel des Wirtes hing am Haken neben der Küchentür. Da mußte auch gleich die Hoftür sein. Der große Schlüssel steckte von innen. So vorsichtig sie auch drehte, er knarrte erschreckend laut. Vor Erregung fing sie an zu schwitzen. Dabei zitterte sie am ganzen Leibe.

Nun stand sie draußen.

Die kühle Nachtluft trug den Tannenduft der nahen Wälder heran. Der Mond war nun schon hoch über den Bäumen.

Ingrid nahm sich keine Zeit zu Betrachtungen. Schnell schlüpfte sie in die Pumps.

Was glitt da durch den Hausschatten? Wie ihr Herz jagte!

Da erkannte sie Frigga, die Dogge. Das große Tier kam heran, schnüffelte an ihrem Morgenrock und ließ sich den Kopf kraulen, wie es das gewöhnt war.

„Gutes Tier", flüsterte Ingrid. Die Anwesenheit des Hundes machte ihr Mut. Sie fühlte sich nicht mehr so allein in der Dunkelheit.

Nun trat sie aus dem Schatten des Hauses und ging über den Hof. Still und dunkel lag hinter ihr das Haus. Da war schon das niedrige Gitter, das den Hof von der Obstwiese trennte. Nur ein einfacher Riegel schloß das Törchen.

Ingrid dachte daran, wie sie hier vor wenigen Stunden mit ihrem Mann gegangen war. Die Abendsonne hatte zwischen den Stämmen der Obstbäume geleuchtet. Jetzt warfen die Bäume einen langen Schatten, zwischen denen das Mondlicht lag, hell und weiß. Es sah aus, als lägen riesige Laken auf der Bleiche.

Sie schritt unter Bäumen hin und wurde mit einem Male ganz ruhig. Es war nicht so dunkel, wie sie gefürchtet hatte, und Frigga war nah. Noch ein paar Schritte, dann begann der Wiesenpfad. Sie würde im Mondlicht deutlich die hellen Blüten der Silberdisteln erkennen können.

Plötzlich verhielt sie den Schritt. Unter den Bäumen hervortretend, sah sie vor sich das Land, still und weit, unwirklich schön. Die dunklen Tannen standen als Silhouetten gegen den silberschwarzen Himmel, die Höhenzüge nah und fern, eine schwingende Linie hinter der anderen. Berauschend war der Duft, der die Luft erfüllte.

Einen Augenblick vergaß die junge Frau alles, was sie eben noch beschäftigt hatte. Alle Bedrängnis war für einen Augenblick von ihr abgefallen.

Da begann die Turmuhr zu schlagen.

Jäh stürzte sie zurück in die Nacht ihres Wahns. Als stünde hinter ihr die gehorsamheischende Gestalt ihrer Mutter, suchten ihre Augen den Boden ab. Dort, ein paar Schritte weiter, ja, da war eine Blüte im Gras. Sie bückte sich, zog das Scherchen aus der Tasche und streckte die Hand nach ihr aus.

Wie hart und zäh der Stengel war, viel zu fein das Scherchen. Sie riß verzweifelt an der Pflanze und fiel beinahe hintenüber, als sie plötzlich abriß.

Ingrid lachte leise. Sie erhob sich, schaute nicht nach rechts noch nach links, sie hielt die Blüte in der Hand und achtete nicht auf die Dornen, die sie stachen. Sie lief den Pfad zurück, unter den Bäumen hin.

„Ich habe eine Silberdistel! Ich habe eine Silberdistel",

jubelte ihr Herz. Mochte Mama unken, mochte Marianne predigen und Kurt lachen oder schelten — sie hatte für alle Fälle die Sicherung in der Hand. Sie brauchte sich nicht mehr vor dem Efeuorakel zu fürchten.

Da war das Gartentörchen.

Sie wollte es aufstoßen. Sie wußte, daß sie es vorhin nur angelehnt hatte, da fuhr sie zurück.

„Rrrrrrrrr —"

Zähnefletschend richtete sich die Dogge drinnen am Pförtchen auf und drückte es zu.

„Frigga, ich bin es, sei gut, Frigga."

Noch einmal versuchte sie, das Törchen zu öffnen — war Frigga nicht eben noch friedlich und zutraulich gewesen wie immer?

„Rrrrrrr —", und nun gab die Dogge wütend Laut.

„Still, Frigga, still!" jammerte die Ausgesperrte.

Aber das Tier war nicht zu beruhigen.

Ingrid versuchte ein Täuschungsmanöver, sie lief am Gitter seitwärts. Der Hund ließ sich nicht überlisten, er bellte fortgesetzt voller Wut. Vor Angst und Ärger kamen ihr die Tränen.

Planlos lief sie weiter, hoffend, der Hund würde sich doch noch beruhigen. Da trat sie in etwas Weiches — puh — der Pumps blieb in einem Kuhfladen stecken. Sie schüttelte sich, als sie, nach dem Schuh tastend, in die weiche Masse griff.

Während sie sich wieder aufrichtete, sah sie, daß im Haus einige Fenster hell geworden waren.

Durch die Nacht tönte die Stimme des Wirtes: „Hierher, Frigga! Hierher!"

Der Hund ließ nicht ab, Ingrid zu bedrohen.

„Du Biest, du schreckliches Biest", schimpfte sie mit verhaltener Stimme, „du verrätst die ganze Sache."

Vergeblich suchte sie sich zu verbergen. Es hatte keinen Zweck, davonzulaufen. Sie mußte ins Haus zurück.

Da war der Wirt am Gatter. Er nahm den Hund an die Leine und ließ die zitternde Frau herein.

"Was treiben Sie zu nachtschlafender Zeit hier draußen, Frau Brandstetter? Frigga läßt jeden aus dem Haus, sobald es dunkel wird. Aber hinein kommt nachts keiner. Das haben Sie wohl gesehen."

Im Hause war alles lebendig geworden. Über das Treppengeländer gelehnt, an den Türen lugend, wurden die Gäste des Hauses Zeuge von Ingrids kläglicher Rückkehr.

Die verschmutzte Rechte weit von sich gestreckt, die Silberdistel krampfhaft in der Linken, ging sie die Treppe hinauf, eine deutliche Spur von dem schmutzigen Schuh hinter sich lassend.

Vom Ende des Korridors schallte ihr die wohlbekannte Stimme des Alleswissers entgegen: "Aber liebste, beste Frau Brandstetter, so ernst war meine Warnung nicht gemeint, daß sie ausgerechnet um Mitternacht nach einer Silberdistel ausgehen mußten."

Endlich hatte sie ihr Zimmer erreicht, und die Tür schloß sich hinter ihr.

Sie stand Kurt gegenüber.

Stumm, mit zusammengepreßten Lippen, sah er sie an.

Sie senkte den Blick.

Ich habe es nur für dich getan, hätte sie rufen mögen. Zugleich fiel ihr ein: Hatte sie es nicht für sich selbst getan, um das Gefühl der Sicherheit zu haben, um nicht länger fürchten zu müssen, der Efeu könne das angekündigte Unglück bringen?

Zitternd wartete sie auf ihres Mannes erstes Wort. Aber Kurt Brandstetter fand dieses erste Wort noch nicht.

Er schritt im Zimmer auf und ab, blieb vor Ingrid stehen und nahm den Gang vor den beiden Betten wieder auf, kopfschüttelnd, ratlos, bestürzt.

Er drehte sich um, betrachtete sie und sagte hart: „Willst du dich nicht waschen? Ich meine, es wäre nötig."

Ingrid hatte sich nicht zu rühren gewagt.

Jetzt schlich sie zum Waschbecken.

Hinter sich hörte sie die Schritte ihres Mannes. Er schnaufte vor Erregung. Halblaut begann er zu sprechen: „Unglaublich ist das, unerhört. Da soll man die Ruhe bewahren! Man sollte so etwas nicht für möglich halten!"

Wieder blieb er bei ihr stehen. Sie bürstete ihre Hände. Tränen liefen über ihre Wangen, tropften in das Becken. Sie hatte die Silberdistel auf die Glasscheibe über dem Waschbecken gelegt. Nun zeigte sie darauf und sagte, mühsam an den Tränen schluckend: „Ich wollte nur ..."

„Du wolltest nur die Silberdistel? Deswegen mußtest du mitten in der Nacht draußen herumlaufen? Du willst mir hoffentlich nicht weismachen, daß du dich vor dem Naturschützler gefürchtet hättest. Da steckt wahrscheinlich etwas ganz anderes dahinter! Schornsteinfeger, wie? Oder irgend so etwas."

Ingrid bürstete wortlos ihre Hände.

Er faßte sie am Arm, drehte sie zu sich herum und sagte beschwörend: „Nenne mir den wahren Grund. Wenn du, die du so ängstlich bist und dich sogar vor einem Nichts fürchtest, mitten in der Nacht hinausläufst, so muß das schon einen anderen Grund haben als den, daß du dem Alleswisser ausweichen wolltest. Sprich doch, sprich doch! Steh nicht so stumm und verdattert da. Ich tue dir ja nichts. Versteh doch, daß mich das aus der Fassung bringen muß. Du bist meine Frau, mir ist es doch nicht gleichgültig, was dich bewegt. Kannst du mir nicht den wahren Grund sagen?"

Er hatte ganz vergessen, daß Ingrid überhaupt noch keinen Grund angegeben hatte.

Die Tränen stürzten jetzt förmlich aus ihren Augen.

„Ich – ich – später – jetzt – verzeih –"

Völlig unzusammenhängend schluchzte sie die Worte heraus.

Kurt nahm seine Wanderung durch das Zimmer wieder auf.

„Wir sind hier restlos blamiert. Es gibt nur eins, morgen früh reisen wir ab. Der Wirt wird das verstehen. Notfalls bezahle ich ihm den Ausfall. Das Gelächter, das hinter dir herlaufen wird, trifft mich mit."

Er ging zum Schrank.

„Am besten packen wir gleich. Schlafen kann ich jetzt nicht. Wenn du wenigstens eine Erklärung geben wolltest – nun sei still. Weine nicht so, als sei dir ein Unrecht geschehen. Vergiß nicht, daß ich darauf warte zu erfahren, was dahinter steckt."

Ingrid hatte sich die Hände abgetrocknet, sie nahm die Silberdistel mit Daumen und Zeigefinger sorgsam auf und legte sie in ihr Nageletui. Das Scherchen, sie sah es mit flüchtigem Blick, das Scherchen war hin.

Am nächsten Morgen fuhren sie ab. Kurt hatte das Frühstück aufs Zimmer bringen lassen. Er wollte weder sich noch seine Frau den spöttischen Blicken der anderen Gäste aussetzen.

Erst als ihr Mann alles mit dem Wirt geregelt hatte und die Koffer im Wagen verstaut waren, kam Ingrid herunter.

Ein kurzes Abschiedswort für die Wirtsleute, dann fuhren sie ab.

Ingrid gab es einen schmerzhaften Stich in der Herzgegend, als sie am Ende des Dorfes die Landstraße erreichten, wo sie gestern noch zu froher Wanderung in den Wald eingebogen waren.

Nach klarem Sonnenaufgang bezog sich der Himmel. Es stimmte also, was der Wirt gesagt hatte, wenn man die Alpen sehen konnte, gab's bald Regen. Ingrid fiel ein, daß sie über dem Zwischenfall mit der Silberdistel und dem Alleswisser am Kogel gar nicht dazu gekommen war, das Panorama zu betrachten.

„Ich muß tanken", war das erste Wort, was Kurt sagte. Sie hielten an der nächsten Tankstelle. Kurt blieb neben dem Tankwart stehen. Ingrid schaute auf die Skala, an der die Zahlen rasch vorbeiliefen, man konnte sie kaum erkennen. Dann schweifte ihr Blick zu den Reklameschildern und blieb schließlich an einer Silberdistel hängen, die neben dem Kilometerstein blühte. Nun waren die Gedanken wieder da, wo sie sie gar nicht gern haben wollte.

Ich müßte es ihm sagen, überlegte sie, er ist so gut zu mir, hält mir alles Unangenehme vom Halse —

Aber nein, es ging nicht. Es ging deshalb nicht, weil es sich um ihn selbst handelte. „Muß sterben eh ein Jahr vergeht." Unmöglich, das auszusprechen. Schweigend fuhren sie weiter. Ingrid sah ihren Mann einige Male von der Seite an. Unbeweglich schaute er auf das graue Band der Straße. Die beiden sahen nicht die Wälder, die ihre Straße säumten, nicht die Höhenzüge in der Ferne, die sanften Täler.

Endlich quälte Ingrid sich schüchtern die Frage heraus: „Bist du mir noch sehr böse?"

Er sah sie nicht an.

„Ich warte auf die Erklärung, warum du mitten in der Nacht die Distel geholt hast."

Ingrid krallte die Finger ineinander. Wie gern hätte sie ihm alles gesagt. Wie froh wäre sie gewesen, hätte sie ihr Herz erleichtern können. Ihre Gedanken kreisten rastlos: Eine Ausrede, eine plausible Ausrede! Ohne eine Erklärung, die Hand und Fuß hatte, würde sich Kurt nicht zufrieden geben.

„Höllental" las sie an einem Straßenschild. Die gigantischen Mauern der Felswände, die hohen Brückenbogen, die sich darüber schwangen, die gewaltige Schönheit, die sich rings dem Auge bot, nichts vermochte einen Eindruck auf sie zu machen. Nur der Name wurde ihr zu übler Bedeutung. Fuhr sie nicht im wahrsten Sinne des Wortes jetzt durch ein Höllental? Kurt neben ihr stumm und ernst, so fern erschien er ihr, als gehörten sie nicht zueinander. Und sie hatte doch um seinetwillen das nächtliche Unternehmen gewagt.

Auch diesmal hielt dieses Argument nicht stand. Auch diesmal mahnte es in ihr: Nicht um seinetwillen habe ich die Distel geholt, zumindest nicht allein um seinetwillen.

Plötzlich fiel ihr eine Ausrede ein, die sie gebrauchen konnte.

Wie bedeutungsvoll waren die Wegweiser dieser Gegend! Dort an dem Richtungsweiser stand: „Himmelreich".

Fast mit Bedauern merkte sie, daß Kurt nicht einbog.

Wenn wir schon nicht nach Himmelreich fahren, überlegte sie bei sich, aus dem Höllental sind wir wenigstens heraus.

Es fing an zu regnen. Kurt stellte die Scheibenwischer ein. Da kamen die ersten Häuser der Stadt.

Jetzt war der günstigste Augenblick, erwog Ingrid.

„Versprich mir bitte, Kurt, nicht zu schimpfen und Mama

keine Vorwürfe zu machen, wenn ich dir sage, was mit der Silberdistel ist."

„Nun rede schon", antwortete der Mann, die Aufmerksamkeit zwischen dem Straßenverkehr und ihren Worten teilend.

„Bitte, versprich es mir erst."

„Ja, Ingrid, ich verspreche es dir."

Grün — sie konnten durchfahren. Nur mit halbem Ohr hörte er hin.

„Mama wollte gern eine Silberdistel haben."

Rot — Halten.

Einen Augenblick schaltete Kurts Aufmerksamkeit auf Ingrids Worte.

„Mama — ah so — das konntest du mir doch gleich sagen. Warum mußtest du aber mitten in der Nacht losgehen? Meinetwegen hättest du bei Gelegenheit einen ganzen Busch davon abreißen können."

„Mama —", Ingrid schluckte. Ich muß noch ein wenig preisgeben, dachte sie und sagte: „Du weißt, wie Mama ist. Es hat noch irgendeine Bedeutung, daß die Silberdistel nachts gepflückt werden soll."

Das Signallicht wechselte zu gelb. Vor ihnen, neben dem Wagen drängte sich der Verkehr. Kurt sah auf die Ampel — Grün — Gas — es ging weiter, über die Kreuzung, durch das Gewühl der Stadt.

Erst als sie auf die Ausfallstraße kamen, besann sich der Mann auf das abgebrochene Gespräch.

„Mama also. Schön. Ich glaube, ich muß ihr mal gehörig die Meinung sagen. So ein Unfug!"

„Aber du hast mir versprochen, Mama nichts zu sagen!"

„So, habe ich das versprochen? Entschuldige, ich war in der Stadt nicht ganz bei der Sache."

„Du hast es mir versprochen!"

„Gut, das halte ich auch. Aber du könntest mir auch ein Versprechen geben, nämlich dies, nie wieder solchen Unsinn zu machen."

Nun sah er sie an. Sie lächelte, schlug die Augen nieder. Ihr Gewissen war nicht rein. Innerlich versuchte sie, sich zu entschuldigen. Da sie das gewöhnt war, beruhigte sie sich auch bald.

„Na, kannst du mir das Versprechen nicht geben", erinnerte Kurt sie nach einem Augenblick des Schweigens.

„O doch, ich will mir große Mühe geben", versicherte sie.

„Es wäre in jedem Falle gut, wenn du bei so törichten Entschlüssen vorher mit mir reden würdest, ehe du sie ausführst."

„Hmhm", machte Ingrid. Und dann kam ihr zum Bewußtsein, daß sie die Silberdistel hatte, daß sie keine Angst mehr zu haben brauchte, und sie sagte fast fröhlich: „Kurt, ich bin so froh, daß du nicht mehr böse bist."

„Wir wollen nicht mehr davon reden", gab er zurück.

Das trübe, regnerische Wetter machte dem jungen Ehepaar Brandstetter den Entschluß leicht, ohne großen Aufenthalt nach Hause zurückzukehren.

Mama kam ein paar Tage später heim. Sie war tief beleidigt darüber, daß man ihr die beiden Kinder nicht anvertraut hatte.

„Du warst nicht da, als ich mit Kurt wegfuhr", erklärte Ingrid.

„Meinst du, ich wäre nicht sofort gekommen, wenn es sich darum gehandelt hätte, Bille und Holger zu betreuen? Es kam euch nur gelegen, daß ich nicht zu Hause war. Der

Plan, mich ganz auszuschalten, stand bei euch bestimmt schon fest, als du mit deiner Schwägerin reistest", grollte Mama.

Damit hatte Frau Misgeld durchaus recht. Kurt hatte gemeint, mit Mama möchte er die Kinder nicht allein lassen. Ihm genüge, daß sie seiner Frau so viel abergläubischen Unsinn beigebracht habe.

Ingrid begleitete die Mutter auf ihr Zimmer und drückte die Tür hinter sich sorgfältig ins Schloß.

„Mama, ich habe eine Überraschung für dich. In Kurts Gegenwart kann ich nicht darüber sprechen. Später erzähle ich dir alles. Ich habe — rate, was ich von der Reise mitgebracht habe."

„Du weißt, ich habe kein Talent zum Raten", antwortete Frau Misgeld mürrisch.

„Mama — ich bin so froh — ich habe —", Ingrid machte eine Pause und sah die Mutter an, die nun neugierig geworden war.

„Ich habe eine Silberdistel!"

„Eine Silberdistel?"

„Still, Kurt kommt die Treppe herauf."

„Hierher kommt er bestimmt nicht."

„Ich kann dir nicht mit ein paar Worten sagen, wie ich die Distel bekommen habe. Um Mitternacht, Mama! Es ist fast eine dramatische Geschichte, die ich dir in Ruhe erzählen muß. Das heben wir uns für später auf."

So neugierig und gespannt Frau Misgeld auch war, solange ihr Schwiegersohn im Hause war und den Rest seines Urlaubs verbrachte, mied sie die untere Etage. Kaum hatte Kurt seinen Dienst wieder angetreten, erschien sie nach dem Frühstück bei der Tochter.

Ingrid schickte Holger hinaus.

„Geh zu Bäuerlein, du kannst ihr helfen, die Teppiche abzusaugen."

Die Beschäftigung lockte, und er lief dem Summen des Staubsaugers nach.

„Endlich sind wir ungestört!" Ingrid rückte der Mutter den Sessel zurecht. „Warte einen Augenblick, ich will dir die Distel zeigen."

Sie ging zum Büffet, schob das Geschirr zur Seite und brachte die Silberdistel zum Vorschein.

„Stich dich nicht, Mama."

Mit spitzen Fingern hielt Frau Misgeld den grauen Stengel mit der großen Blüte.

„Ist es bestimmt eine Silberdistel?"

„Ja, es besteht kein Zweifel. Sie wuchs da oben, wo wir waren, auf den Wiesen, eine ganze Menge! Ich habe sie bei Vollmond gepflückt, die Uhr schlug gerade Mitternacht. Ich habe zwar in der Aufregung die Glockenschläge nicht gezählt, es muß aber zwölf Uhr gewesen sein."

Mama lauschte aufmerksam und bewundernd dem Bericht ihrer Tochter. Ingrid vergaß nichts, die knackende Treppe und den Schnarcher hinter der Tür; Frigga, die erst so friedlich und dann völlig verwandelt war; den verlorenen Pumps und natürlich auch die lachenden Zuschauer und ihres Mannes Zorn, nichts ließ sie aus.

Frau Misgeld dachte nicht mehr an die Vorwürfe, die sie ihrer Tochter noch einmal machen wollte wegen ihres Verhaltens in der Angelegenheit der Kinder, die der Großmutter Brandstetter anvertraut worden waren. Sie sah ihre Tochter an, im tiefsten Grund ihres Herzens zufrieden.

„So verachtest du also den Rat deiner Mutter doch nicht ganz", sie streichelte Ingrids Hände.

„Den habe ich nie verachtet, Mama."

„O doch, mein Kind. Du hörst sehr viel nach anderer Meinung, nach der deines Mannes und seiner Schwester. Manchmal fürchte ich, daß du mir ganz entgleitest. Aber nun sehe ich, meine Meinung ist dir nicht gleichgültig."

Ingrid wurde ein bißchen rot.

„Ich muß dir noch etwas sagen. Kurt wollte natürlich wissen, warum ich die Distel ausgerechnet in der Nacht geholt hätte. Du verstehst, ich konnte ihm den wahren Grund nicht sagen. Und da habe ich dich vorgeschoben."

„Du hast gesagt, ich müßte sterben?"

„Aber nein, Mama. Ich sagte ihm, du wolltest eine Silberdistel haben, die nachts gepflückt sein müsse."

„Und was meinte er dazu?"

Eine Lüge gebiert sieben andere, fuhr es Ingrid durch den Kopf. Das sagte Kurt oft zu den Kindern und ermahnte sie zur Wahrheit. Was sollte sie Mama antworten?

„Nun? Ich kann mir denken, daß du mir das nicht sagen willst", lachte Mama spöttisch.

„Er sagte nichts Besonderes, wirklich nicht. Du kannst es mir glauben. Er hat nur so etwas geäußert wie ‚Unfug'."

Nein, die ganze Wahrheit war es nicht. Ingrid tröstete sich, es war wenigstens die halbe.

Eifrig fuhr sie fort: „Nun brauche ich deinen Rat. Wo tue ich die Silberdistel hin?"

„Am besten stecken wir sie zwischen die Efeuranken", meinte Frau Misgeld.

„Nein, Mama, das geht auf keinen Fall. Kurt würde sofort stutzig werden. Außerdem weiß Marianne — das heißt —"

Sie schwieg verlegen.

„Marianne? Was weiß Marianne?" forschte Mama. „Du hast mit deiner Schwägerin über die Sache gesprochen?"

Ingrid merkte nicht, wie froh Mama dieser Gedanke

machte. Hatte also Marianne nicht einmal in all den Wochen an der See ihren Einfluß auf Ingrid untergraben können!

„Ja — nein —", Ingrid glaubte, Mama besänftigen zu müssen, „die Rede kam mal auf den Efeu. Kurt hatte nicht geschrieben, da habe ich mich verplappert und den Efeu erwähnt. Es kann auch bei einer anderen Gelegenheit gewesen sein. Ich weiß das nicht mehr genau. Soviel steht fest, sieht Marianne die Silberdistel, so merkt sie gleich, da besteht ein Zusammenhang."

„Soll sie es merken!"

„Nein, Mama, das möchte ich nicht. Schließlich macht sie eine Bemerkung, dann geht eine Fragerei los, und ich weiß nicht, wie ich mich herausschwindeln soll. Dann erfährt Kurt, daß ich wegen der Distel nicht ganz die Wahrheit gesagt habe. Er nimmt das so genau und nennt es lügen. Nein, in die Efeuranken kommt die Distel nicht."

„Wie du denkst." Mama wiegte den Kopf. „Es wäre jedenfalls das Beste. Suchen wir also einen anderen Platz, einen, wo dein Mann der einen Pflanze so nahe ist wie der anderen."

„Das ist ganz einfach." Ingrid ging rasch zum Schreibtisch. „Die linke Schublade ist der grünen Wand am nächsten. Wenn ich die Blüte hinten in die Ecke lege, fällt sie Kurt nicht in die Hände, und sie ist ihm sogar noch näher als der Efeu."

„Gut, so leg die Distel gleich hinein."

„Ich muß eine Gelegenheit abpassen, den Schlüssel zu bekommen."

„Dein Mann schließt die Schubfächer ab? Das läßt du dir bieten?"

„Das Abschließen hat nichts auf sich. Kurt sagt, es sei nur der Ordnung wegen. In dem Fach sind irgendwelche wichtigen Sachen. Ich glaube, auch die Geburtstags- und Weihnachtsüberraschungen hebt er dort auf. Ich werde mir den Schlüssel unter einem Vorwand geben lassen."

Diese Gelegenheit ergab sich bald. Kurt war viel zu arglos. Er vermutete keine Unredlichkeit, als Ingrid ihn am Abend um seinen Schlüsselbund bat. Sie hatte wohlweislich die Viertelstunde gewählt, die er der Zeitung widmete.

„Schlüsselbund? Ja, wofür?" sagte er und fingerte schon in der Tasche danach.

„Ich will Bille einen neuen Bleistift aus dem Schreibtisch holen."

„Hm — ich glaube, die Schublade ist offen", ohne von der Zeitung aufzusehen, legte er den Schlüsselbund in Ingrids Hand.

Sie lief rasch ins Nebenzimmer. Ihre Hände zitterten ein wenig, als sie die Schublade aufschloß. Mit einem Griff hatte sie die Silberdistel in die hinterste Ecke des Fachs geschoben. Dann zog sie die andere Schublade auf und nahm den Stift aus dem Kästchen.

Ihr Atem ging rasch. Das Herz klopfte schnell. Fast so schnell wie in jener Nacht, da sie die Treppe hinunterschlich und die Diele unter dem Fuß plötzlich knarrte.

An einem der nächsten Sonntage sagte Kurt nach dem Kirchgang: „Ich habe eine Bitte. Richte ab morgen das Frühstück eine Viertelstunde früher. Wir wollen in Zukunft den Tag zusammen mit Gottes Wort beginnen."

„Morgens? Da laufen die Kinder herum, und man hat bestimmt keine richtige Ruhe zu so etwas."

„Die Kinder sollen dabei sein, Ingrid."

„Dazu sind sie noch viel zu unverständig. Die Bibel, die

verstehe ich kaum. Das wird den Kindern viel zu langweilig."

„Darauf lasse ich es ankommen. Mir genügt vorerst, wenn sie erleben, daß ihre Eltern nicht ohne Gottes Wort und Gebet an die Arbeit gehen."

„Ich weiß nicht, ob das Zweck hat. Du hast selbst erzählt früher hättest du alles nur so hingenommen, ohne dir etwas dabei zu denken. Ist es nicht überflüssig, den Kindern schon so früh etwas einzupauken, was sie nicht verstehen und was deshalb keinen Wert für sie hat?"

„Welchen Wert es hat, die Dinge zu wissen, die in der Bibel gesagt werden, habe ich in jener Schrecksekunde auf der Mauer erfahren. Deshalb möchte ich meine Kinder mit Gottes Wort vertraut machen, wenn ich auch nicht weiß, wann es Frucht trägt, wann es in ihnen lebendig wird. Und auch unseretwegen möchte ich nicht mehr ohne Gottes Wort und Gebet aus dem Hause gehen."

Um weiteren Erklärungen zu entgehen, gab Ingrid nach: „Wenn du meinst und gern willst, können wir es ja tun."

Bald stellte es sich heraus, wie gut Sibylle und Holger zuhörten, wenn Vati morgens vorlas. Ingrid merkte es an den Fragen, die die Kinder stellten.

„Vati, was ist das: ‚Antlitz'?" fragte Holger, und Sibylle wollte erklärt haben, warum es „Jünger" heiße.

Einmal hörte Ingrid, wie Sibylle beim Spiel den kleinen Bruder ermahnte: „Wir sollen Frieden halten, hat Vati heute früh vorgelesen. Nun tu das auch."

So sehr sich Ingrid bemühte, dies alles als eine zufällig aufgeschnappte Redewendung hinzustellen, sie mußte sich beschämt eingestehen, die Kleinen waren aufmerksamer als sie selbst. Ging es ihr nicht regelmäßig so, daß sie, wenn man nach dem Amen vom Tisch aufstand, kaum wußte, was

Kurt vorgelesen, was er gesagt hatte? Und wenn die Kinder beim Vorlesen eine Zwischenfrage stellten, wußte sie meist den Zusammenhang nicht, und so verstand sie ihres Mannes Erklärungen auch nur halb.

Ohne daß je wieder ein Wort darüber verloren wurde, wußte Ingrid, nicht nur die tägliche Andacht hing mit Kurts Erlebnis zusammen, sondern auch sein Verhalten Mama gegenüber. Es hatte sich geändert. Das erschien Ingrid erstaunlicher als alles andere. In seine förmliche Höflichkeit Mama gegenüber war ein neuer Ton gekommen. Daß dies nach jahrelangem Zusammenwohnen im gleichen Hause, nach seiner bisher so ablehnenden Haltung gegen Mama geschehen konnte, erfüllte Ingrid mit Verwunderung.

Sie hätte nicht sagen können, in welcher Weise er auch sonst verändert war. Aber gerade deshalb, weil sie keinen Namen für dies Anderssein fand, befremdete, bedrängte es sie. Bisher hatten sie auf gleich und gleich gestanden, wenn Ingrid auch zugab, ihr Mann sei klüger als sie, wenn sie ihn auch in wichtigen Dingen entscheiden und die Verantwortung übernehmen ließ. Jetzt wuchs er weit über sie hinaus, lebte in einem gewissen Abstand von ihr, obwohl er ihren Schwächen gegenüber nachsichtiger war und nicht mehr so schnell aufbrauste. Sie fühlte sich von seiner Güte und Nachsicht oft beschämt und wünschte fast, er wäre geblieben, der er bisher war.

Beim nächsten Familientreffen, das war zu Holgers Geburtstag, kam die Rede auf die Ferienreisen. Marianne erzählte von dem Aufenthalt an der See. Ingrid saß wie auf Kohlen, befürchtete sie doch, das Gespräch könne auf den Efeu und ihre Angst kommen, die sie ausgestanden, als Kurts Nachricht ausblieb. Sie atmete auf, als ihre Schwiegermutter von den Tagen erzählte, da sie die Kinder betreut hatte. Dies aber veranlaßte Kurt, vom Schwarzwald zu berichten. Ganz ausführlich erzählte er vom Alleswisser, von der Alpensicht und der Großsprecherei des Reiseleiters. Sie bekam einen gelinden Schreck, als das Wort „Alpensicht" fiel. Würde Kurt jetzt auf den nächtlichen Zwischenfall zu sprechen kommen? Er schickte einen belustigten, vielsagenden Blick zu ihr, übersprang aber den eigentlichen Grund ihrer unvorhergesehenen Abreise und sprach zu ihrer großen Erleichterung nur von dem einsetzenden Regenwetter.

„Wenn ihr euren Aufenthalt auch abgekürzt habt", meinte die Schwiegermutter, „die Ferienzeit hat euch recht gut getan. Ingrid hatte eine Zeitlang ganz ihre Frische und Heiterkeit verloren. Nun ist sie wieder unsere frohe, unbekümmerte Ingrid."

Ja, ihre Nervosität, ihr häufiges übertriebenes Aufgeregtsein, das der Familie aufgefallen war, schien gänzlich behoben. Kurt äußerte sich darüber, als er am Abend Mutter und Schwester nach Hause fuhr.

„Ich glaube, Mariannes Einfluß während der Ferien hat sich bei Ingrid sehr günstig ausgewirkt. Vor der Reise war es mit ihr kaum auszuhalten, so überspannt war sie oft. Schon in den ersten Tagen meines Urlaubs stellte ich fest, wie vernünftig sie geworden war. Wir hatten dann einen lächerlichen, unangenehmen Zwischenfall. Ich will nicht mehr davon sagen. Mama hat Ingrid wieder einmal wer weiß was eingeredet. Ingrid sprach nur andeutungsweise darüber. Ich bin der Sache nicht weiter nachgegangen."

„Leider ist sie nach wie vor dem abergläubischen Gerede ihrer Mutter sehr zugänglich", sagte Marianne. Einen Augenblick war sie versucht, den Efeu zu erwähnen.

Da fuhr der Bruder schon fort: „Ich habe sie früher durch meinen Spott, durch meinen Zorn kopfscheu gemacht. Sie wagt mir nicht zu sagen, wenn sie eine abergläubische Furcht quält. Ich hoffe, daß ich mit der Zeit ihr Vertrauen zurückgewinne."

„Es ist schwer, weil sie ständig unter dem Einfluß ihrer Mutter steht", gab Marianne zu bedenken.

„Darüber haben wir uns schon öfter unterhalten", mischte sich nun Kurts Mutter ein. „Bei allen Erwägungen sind wir immer wieder zu dem Schluß gekommen, dieser Zustand ist leider nicht zu ändern. Oder wie denkst du darüber, Kurt?"

„Früher hätte ich gesagt, wir müssen umziehen. Der Gedanke ist mir oft genug gekommen. Jetzt teile ich deine Meinung, Mutter. Das Beste, was wir tun können, ist, für Ingrid und ihre Mutter zu beten."

Was Ingrid Ruhe und Sicherheit gab, war nichts anderes als der Gedanke an die Silberdistel ganz hinten in Kurts Schublade, die nach ihrer Meinung jede Gefahr abwendete, die ihrem Mann durch den Efeu drohte. Hinzu kam, daß mit den kürzeren Tagen und dem Regenwetter die Arbeit für Kurt nicht mehr so sehr drängte wie im Frühjahr und Sommer. Er kam regelmäßig nach Hause, auch das verminderte Ingrids Besorgnis sehr.

Die Gespräche begannen sich bereits um die Weihnachtsgeschenke zu drehen.

„Du fragst gar nicht, was ich mir wünsche", meinte Ingrid eines Tages.

Kurt zwinkerte mit den Augen.

„Was ich dir schenke, weiß ich schon lange, mein Lieb."

„Oh — da bin ich aber sehr gespannt. Was ist es denn?"

„Haha, es wird nichts verraten."

„Muß ich es nicht besser selbst aussuchen?"
„Nein, nein, ich weiß, es ist das Richtige."
Und dann kam der erste Advent.

Bisher war es im Hause der jungen Leute so gewesen: Kurt brachte am Tage vorher einen Adventskranz mit, man zündete jeden Sonntag ein Licht mehr an, sang auch mit den Kindern ein Weihnachtslied, damit sie es am Heiligen Abend gut können, wenn nach der Bescherung die Großmutter mit Tante Marianne kam. Damit hatten sich die Feierlichkeiten der Adventssonntage erschöpft.

Diesmal war das anders. Zwar brachte Kurt den Kranz und zündete das erste Licht an. Aber dann begann das Neue.

Kurt Brandstetter erzählte seinen Kindern Geschichten. Zuerst etwas aus der Zeit, als er noch klein war. Dann von den Tieren im Walde, von Bäumen und Jahreszeiten, zuletzt kam die Weihnachtsgeschichte. Ingrid stichelte an einer Decke für ihre Schwiegermutter und hörte zu. Wie gut Kurt erzählen konnte! Wie die Kinder lauschten!

Von der Arbeit aufblickend, sah sie verstohlen zu der Gruppe im Sessel hin. Kurt hatte Holger auf dem Knie. Sibylle hockte auf der Armlehne des Sessels, den Arm um Vaters Hals gelegt. Die Kinder lasen dem Vater förmlich die Worte vom Munde ab, fragten und gaben dem Vater Antwort. Die Mutter, nur ein paar Schritte von den dreien entfernt, hatte das lähmende Gefühl, als seien sie weit weg von ihr, irgendwo, dahin sie ihnen nicht folgen konnte.

Fast unwillig darüber hätte sie am liebsten das Gespräch der drei unterbrochen. Sie gab sich keine Rechenschaft darüber, was sie veranlaßte zu schweigen.

In diesen Tagen verließ Kurt einmal das Büro früher als gewöhnlich, um heimlich das Geschenk für seine Frau zu kaufen. Sie hatte ihm bei einem Gang durch die Stadt in einem Schaufenster ein Armband gezeigt, das ihr sehr gut gefiel. Kurt hatte ganz uninteressiert getan, so daß Ingrid ein wenig ärgerlich war, weil sie meinte, er habe es nicht einmal richtig angesehen.

Kurt Brandstetter hatte es sich jedoch sehr genau betrachtet und leistete gleich am nächsten Tag eine Anzahlung, um sicher zu gehen, daß er das Gewünschte bekam.

Am Abend, als Ingrid die Kinder zu Bett brachte, holte er das schmale Kästchen hervor, in dem das Schmuckstück auf Watte gebettet lag. Er betrachtete die kunstvolle Arbeit, die blinkenden Steine und zog den Schlüsselbund aus der Tasche. Froh im Gedanken an die Überraschung, die es geben würde, öffnete er die linke Schreibtischschublade, um das Kästchen zu verstecken. Er schob es ganz nach hinten, und dabei piekte etwas seinen Finger.

War da eine Nadel, eine Schreibfeder? Er holte die Schublade ganz heraus. Verblüfft hielt er dann die Silberdistel in der Hand. Er hatte nie mehr daran gedacht, daß sie überhaupt noch im Hause sein könnte, und nun fand er sie in dieser Schublade!

Er betrachtete die trockene Pflanze. Die zackigen Blätter waren grau geworden, die Blüte aber noch gut erhalten. Die Dornen schienen mit der Zeit fester geworden zu sein. Er hatte sich bereits zum zweiten Male daran gestochen, als er den überraschenden Fund hervorzog.

Die Silberdistel!

Kurt sah die Szene in der Pension vor sich: Ingrid, als sie die Treppe heraufkam, ihr verstörtes Gesicht — und dann fielen ihm ihre Worte ein, ihre Erklärung als Entschuldigung für ihr seltsames Verhalten.

„Mama wollte gern eine Silberdistel. Sie muß nachts gepflückt sein."

Tief zog Kurt Brandstetter die Luft ein und stieß sie hörbar wieder aus. Hatte Ingrid damals die Wahrheit gesagt? Dunkel entsann er sich, daß Ingrid einmal den Schreibtischschlüssel verlangt hatte.

Mechanisch schob er das Fach zu, schloß es ab und lehnte sich im Schreibtischsessel zurück. Er starrte auf die Blüte, die er noch immer in der Hand hielt.

Soll ich Ingrid zur Rede stellen? dachte er. Was wäre damit gewonnen? gingen die Gedanken weiter. Hat sie damals den wahren Grund ihres Abenteuers verheimlicht, wird sie ihn heute ebensowenig nennen.

Daß die Sache eine tiefere Bedeutung für Ingrid hatte, stand für Kurt fest. Es sah so aus, als sei ihre Erklärung, die Silberdistel sei für ihre Mutter bestimmt, von vornherein eine Lüge gewesen. Warum hatte sie gelogen? Warum hatte sie sich gescheut, die Wahrheit zu sagen?

Rollte er die Angelegenheit jetzt wieder auf, konnte er sich dann mit Ausflüchten, mit einer halben Wahrheit zufriedengeben? Er zweifelte nicht einen Augenblick daran: Hier ging es wieder einmal um eine abergläubische Idee, und die stammte natürlich von Mama.

Kurt hörte nebenan die Tür gehen.

Ingrid rief ihm zu: „Willst du den Kindern gute Nacht sagen? Sie warten auf dich. Schau auch bitte gleich nach der Heizung. Ich glaube, der Wind steht vorn auf den Fenstern. Es ist nicht gemütlich warm hier."

Kurt erhob sich. Er steckte die Silberdistel in seine Rocktasche. Nebenan knackte die Taste vom Radio. Langsam ging er hinüber. Ingrid blätterte in der Rundfunkzeitung.

„Halb acht beginnt das Sinfoniekonzert, bis dahin sind nur fünf Minuten, beeil dich bitte", sagte sie.

Kurt verhielt um Sekundenlänge den Schritt. Er sah zu

Ingrid hin. Wie heiter sie war, wie unbeschwert und ahnungslos.

Er gab sich einen Ruck und ging hinaus.

Die Kinder wunderten sich, daß der Vater heute so ernst war und so schnell wieder ging.

„Vati, ich wollte dir noch was sagen!" schrie Holger hinter ihm her.

„Morgen, mein Junge, morgen!"

Langsam ging er die Stufen zur Diele und in den Keller hinunter. Einen Augenblick stand er vor dem offenen Ofenloch und sah in die sanfte Glut, die unter den schwarzen Koksstücken leuchtete. Seine Hand griff in die Jackentasche. Noch einmal ein kurzes Zögern, dann warf er die Silberdistel in das Feuerloch. Eine Sekunde oder zwei schwelte sie, dann flackerte ein Flämmchen auf, im Nu war die ausgedörrte Pflanze dahin.

Ingrid merkte erst nach einer langen Weile, wie ruhig und ernst ihr Mann heute war.

„Fehlt dir was?" fragte sie. „Du bist so still."

Er schüttelte den Kopf und dachte dabei, daß auch er nicht die Wahrheit sagen mochte.

Im Hause Brandstetter schien alles in Ordnung zu sein. Aber noch schwelte das Unheil wie ein glimmender Funke unter der Asche.

Zunächst wiegte sich Kurt in dem Glauben, Ingrid habe ihre abergläubischen Vermutungen beiseite getan und sei endgültig vernünftig geworden.

Ingrid hingegen war ruhig und fühlte sich sicher, da sie die Silberdistel in der Schublade wähnte.

Mama war zufrieden und ließ sich ihres Schwiegersohnes

freundliche Aufmerksamkeit gefallen. Ingrid hatte ihren Rat bezüglich des Efeus und der Silberdistel befolgt, das stimmte sie friedlich.

Aus dieser Ruhe und Sicherheit wurden sie jäh aufgeschreckt.

Schon seit Anfang des neuen Jahres fragte man sich in Kurts Firma, wer den Sohn des Chefs zu einer Studienreise in die USA begleiten sollte. Ein junger unverheirateter Kollege interessierte sich sehr dafür und erreichte auch, daß er dazu ausersehen wurde. Der Reisetag war bereits festgelegt, die Flugkarten bestellt, da wurde der junge Mann durch eine schwere Erkrankung seines Vaters, in dessen Geschäft er eintreten sollte, verhindert.

Kurt Brandstetter wurde gebeten, an seiner Stelle mit dem Juniorchef zu fahren. Es war unmöglich, dem Chef die Bitte, die zugleich eine Auszeichnung war, abzuschlagen.

Ingrid bekam einen Schrecken, als sie hörte, daß ihr Mann für drei Monate so weit weg sollte. Er sagte es ihr durchs Telefon und bat sie, in die Stadt zu kommen, um dafür noch einige Einkäufe zu erledigen. Sie fragte zweimal, dreimal und konnte es nicht begreifen. Ein Weilchen hielt sie noch den Hörer in der Hand, als Kurt schon eingehängt hatte.

Frau Misgeld, die das aufgeregte Fragen ihrer Tochter gehört hatte, kam aus dem Wohnzimmer.

„Was ist geschehen, Ingrid? Du bist ganz blaß."

„Mama, Kurt muß nach Amerika! Oh, nun kommt es doch noch — wenn ihm nur nichts passiert!"

Die Mutter sah die Angst in ihren Augen.

„Passiert? Nein, nein, da brauchst du keine Angst zu haben. Die Silberdistel, Ingrid!"

„Mama, du glaubst —?"

„Natürlich, Kind. Vollmond war, und sagtest du nicht,

daß es gerade Mitternacht schlug? Alle Bedingungen sind erfüllt, die sich denken lassen. Du kannst ganz ruhig sein. Dein nächtlicher Gang war nicht vergeblich."

Ingrid umarmte die Mutter stürmisch.

„Du bist meine einzige, beste, liebste Mama!"

Zu eingehenden Betrachtungen gab es jetzt und auch an den folgenden Tagen keine Zeit. Ingrid war den ganzen Tag eingespannt, alles für die Abreise und die lange Abwesenheit ihres Mannes zu regeln. Er selbst hatte in der Firma noch manches zu besprechen, begonnene Arbeiten mit den zurückbleibenden Kollegen zu ordnen und Wege zu machen wegen des Passes. Dann wieder traf er Ingrid in der Stadt, um noch Dinge zu besorgen, die ihnen abends eingefallen waren, als sie zurechtlegten, was mitgenommen werden sollte.

Obwohl die Woche bis zu seiner Abreise wie im Fluge verging, wollte es sich Ingrid nicht nehmen lassen, mit den Verwandten eine kleine Abschiedsfeier für Kurt zu geben. Am letzten Abend saß man beisammen. Ingrid überlegte einen Augenblick, wann man zuletzt in so großem Kreise beisammengesessen hatte. Zu Kurts Geburtstag. Sie zählte die Verwandten, die um den Tisch versammelt waren. Bille und Holger waren dabei, es waren genau zwölf Personen.

Wenn jetzt nur nicht wieder ein Kollege aus Kurts Büro kommt, dachte sie flüchtig, kam aber mit ihren Betrachtungen nicht weiter, da sie in das allgemeine Gespräch gezogen wurde.

„Vati, wenn das Flugzeug so fliegt, so ganz hoch, kommt es dann auch an die Wolken?" fragte Holger, der heute neben seinem Vati sitzen durfte.

„Ja, Holger, bis an die Wolken fliegt es und noch viel höher."

„Kann es denn überhaupt weiter, wenn die Wolken kommen?"

Onkel Hans, Kurts Vetter, versuchte, dem Jungen die Sache zu erklären, aber es glückte ihm nicht ganz. Ingrid sah ihren Jungen an, und die Gedanken gingen wieder eigene Wege.

Dreizehn waren wir damals — und der Efeu — ob die Silberdistel genügt? Oh, ich muß daran denken, ob ich will oder nicht. Wenn Kurt es wüßte, er würde sich ärgern.

Man brach nicht sehr spät auf. Kurt, der den Wagen bereits in der Firma gelassen hatte, begleitete seine Mutter und Marianne an die Straßenbahn.

„Ingrid ist wirklich tapfer und vernünftig", stellte Marianne fest.

„Ich muß sagen, sie hat in den letzten Wochen, ja, Monaten nie mehr etwas merken lassen von irgendwelchen Unkereien. Ich bin sehr froh darüber. Vielleicht überwindet sie es doch einmal gänzlich."

„Gott möge es schenken, Kurt", meinte die Mutter.

„Ich bitte euch beide", fuhr der Sohn fort, „kümmert euch ein wenig um meine Frau. Wenn sie immer nur mit ihrer Mutter zusammen ist, kann man nicht wissen, ob sie fest bleibt. Jedenfalls wird es mir eine Beruhigung sein, zu wissen, ihr besucht sie öfter einmal."

Das Versprechen wurde ihm gegeben.

Zu Hause räumte Ingrid inzwischen die Gläser weg und stellte in der Küche das Geschirr zusammen. Ehe sie ins Schlafzimmer hinaufging, blieb sie in der Diele stehen.

Wie still war es im Hause! Nach dem Erzählen und Lachen der vielen Menschen, nach der Unruhe des Abschiednehmens empfand Ingrid die Stille lähmend. Sie fühlte, wie ihr Herz rascher zu schlagen begann. Dieser Abschied, hatte er einen tieferen Sinn? Mit einem Male stand die Angst wieder in ihr auf.

Da knarrte der Schlüssel im Schloß der Haustür. Kurt kam zurück.

Er sah seine Frau mitten in der Diele stehen, sah ihre angstvollen Augen.

„Ingrid?"

Sie seufzte und senkte den Blick.

Er trat näher. Mit dem Zeigefinger unter dem Kinn hob er ihren Kopf und fragte: „Fürchtest du dich?"

Sie schlug die Augen auf, sah ihn an und nickte.

„Du warst so lieb und vernünftig, Schatz. Warum auf einmal die Angst?"

„Es war so still im Haus, ach, Kurt!"

„Tagsüber sorgen die Kinder schon dafür, daß es nicht zu still sein wird. Und abends — nun ja, Mama ist ja auch im Haus, und ich habe meine Mutter und Marianne gebeten, dich öfter zu besuchen. Lade dir jemand ein. Du wirst sehen, drei Monate sind schneller herum, als du vorher meinst. Das ist immer so, vorher erscheint einem die Zeit lang."

Er zog ihren Arm durch seinen und ging mit ihr hinauf. Auch heute nahm er, wie jeden Abend, das Andachtsbuch zur Hand, aus dem er morgens vorlas, blätterte und suchte in der Bibel die angegebene Schriftstelle.

„Willst du bitte an meiner Stelle mit den Kindern morgens lesen und beten? Mache es so wie ich, überlege am Abend zuvor, was du den Kindern neben der vorgeschriebenen Betrachtung sagen könntest. So, wie es hier im Andachtsbuch steht — das sagte ich dir wohl schon früher einmal —, kann man es den Kindern nicht immer vorlesen. Wirst du versuchen, es den Kindern verständlich zu machen?"

„Ich werde es nicht so können wie du."

„So aus dem Handgelenk kann ich das auch nicht. Darum beschäftige ich mich ja abends damit, lasse es mir durch den Kopf gehen — und durchs Herz. Anders geht es nicht."

Statt auf seinen Wunsch einzugehen, sagte Ingrid: „Ich wünschte, du wärst schon wieder zu Hause. Amerika ist so weit, und mit Flugzeugen passiert so viel. Wie oft liest man, daß eins abgestürzt ist."

„Quäle dich nicht mit solchen Vorstellungen, mein Schatz. Denke immer daran, wenn diese Gedanken kommen: Gott kann mich bewahren, wo ich auch sein mag. Glaubst du, Gott müßte mich erst in ein Flugzeug setzen und mich abstürzen lassen, wenn er mich zu sich rufen will? Oder nimmst du an, Amerika sei gefährlicher als unser Land? Täglich verunglücken Leute, hier und überall in der Welt. Wir sind immer in Gefahr, du und ich und jeder Mensch. Keiner weiß, wann seine letzte Stunde schlägt. Darum ist es so gut zu wissen, wie es im Psalm heißt: ‚Der dich behütet, schläft nicht'. Das sollte dir ein Trost sein. Willst du daran denken, wenn ich fort bin?"

„Ich will mir Mühe geben, Kurt."

„Mühe geben, Schatz, ja, aber noch besser ist es, wenn du darum bittest, daß Gott dir Glauben schenkt, Glauben und Vertrauen. Dann wirst du ruhig werden und dich nicht ängstigen und fürchten vor ungewissen Dingen. Halte dich an Gottes Wort —" und nicht an die Unkereien deiner Mutter, hatte er auf der Zunge. Er sagte es nicht. Kein böser Klang sollte dieses Gespräch abschließen.

Dann war der Reisetag da.

Den großen Koffer, der als Luftfracht gehen sollte, hatte die Spedition bereits abgeholt. In der Diele stand nur das kleine Gepäck, ein Handkoffer und die Aktentasche.

Der Chef wurde gegen halb elf erwartet. Er würde Kurt zum Flughafen mitnehmen. Ingrid gab sich Mühe, ihre Unruhe, ihre Angst zu verbergen. Sie hätte gern ein paar Worte allein mit Mama gesprochen, hätte sich Tröstliches sagen, sich der Wirkung der Silberdistel versichern lassen. Aber die Kinder und Kurt wichen nicht von ihrer Seite.

Man frühstückte in aller Gemächlichkeit. Es war ja alles erledigt, und man hatte genügend Zeit. Aber Ingrid vermochte kaum ihr Brötchen zu bewältigen. Merkte Kurt nicht, wie ihr zumute war?

Er merkte es wohl, hielt es aber für richtiger, darauf nicht einzugehen. Als er die Andacht gelesen hatte, sagte er: „Während ich weg bin, Kinder, wird Mutti mit euch lesen. Und wenn sie auch manches nicht so erklären kann wie ich, so müßt ihr trotzdem gut aufpassen. Und du, Ingrid, denke daran, hier", er nahm die Bibel zur Hand und legte sie seiner Frau hin, „hier findest du Trost und Kraft. Suche nicht anderswo Ruhe zu finden."

Noch eine Stunde hatten sie Zeit.

„Gestern abend fiel mir ein", sagte Kurt und ging ins Herrenzimmer hinüber, „ich muß dir noch zeigen, wo die Papiere liegen."

„Welche Papiere?" fragte Ingrid ängstlich, die ihm gefolgt war.

„Familienbuch, Impfscheine der Kinder, Versicherungspolice und so weiter und so weiter. Holger muß demnächst zur Schule angemeldet werden. Es kann auch sonst mal was sein. Jedenfalls mußt du Bescheid wissen."

Kurt nestelte die Schlüssel los und warf plötzlich den ganzen Bund auf den Schreibtisch.

„Ach was, die Schlüssel brauche ich nicht mitzunehmen. Hier, das ist der von der linken Schublade." Er schloß auf und zog die Schublade heraus.

Ingrid waren die Füße wie Blei. Sie warf unwillkürlich einen Blick auf die grüne Wand. Der Efeu hatte frische, kräftige Triebe.

Kurt hatte sich in den Schreibtischsessel gesetzt. Er blätterte in den Familienpapieren und sagte: „In dieser Mappe sind die Urkunden der Kinder. Und hier hast du die Versicherungspolicen. Ich will nicht hoffen, daß du sie brauchst. Das Haus werdet ihr mir hoffentlich nicht in Brand stecken. Und die Lebensversicherung —"

Ein Laut aus Ingrids Munde ließ ihn aufblicken.

„Kurt!" Sie hatte beide Hände aufs Herz gepreßt.

„Ingrid, reg dich nicht auf. Es ist nur, damit du Bescheid weißt. Ich denke keinen Augenblick daran, daß du diese Papiere brauchen könntest. Du warst so vernünftig. Und jetzt, in der letzten halben Stunde — nun ja, ich hätte das eher regeln sollen, nicht in der letzten Minute. Aber über allen anderen Dingen habe ich vorher einfach nicht daran gedacht."

„Kurt —", sagte Ingrid noch einmal und dann, wie unter fremdem Zwang, mechanisch fast, zog sie die Schublade weiter auf, ganz weit, sie fiel fast heraus, tastete mit der Hand, fingerte unter den Papieren.

Da wurde Kurt aufmerksam.

„Suchst du etwas Bestimmtes?"

„Die — Silberdistel."

„Die Silberdistel — hm. Tja, Ingrid, die Silberdistel —"

„Du hast sie...?"

„Ja. Ich fand sie. Um Weihnachten herum."

„Und — und — wo hast du sie hingetan?"

„Ich habe sie verbrannt."

„Verbrannt! Verbrannt! Kurt! Warum hast du das getan?"

Ingrid schlug beide Hände vors Gesicht, sie schüttelte sich und stöhnte zwischen den Händen heraus: „Verbrannt, verbrannt, verbrannt."

Ihr Schreck, ihr Entsetzen war so offensichtlich, daß Kurts aufsteigender Zorn von Mitleid überflutet wurde.

Dennoch brauchte er ein paar Sekunden, um einigermaßen ruhig sprechen zu können.

„Ingrid, ich habe diese unselige Pflanze nie mehr erwähnen wollen. Ich habe sie verbrannt, damit sie deine und meine Ruhe nie mehr stört. Als ich sie fand, wußte ich, du hast mir damals im Auto nicht die Wahrheit gesagt. Sag sie mir jetzt, dann ist alles gut. Ich kann dir nur helfen, wenn du ehrlich und offen eingestehst, was dir die Silberdistel bedeutete."

„Verbrannt, verbrannt, verbrannt", murmelte Ingrid.

Kurt ballte die Fäuste, lief im Zimmer auf und ab.

„Ingrid, gleich kommt der Chef. Sag mir, ist dieses Ding so etwas wie ein Talisman gewesen, ein Maskottchen?"

Ein Schluchzen antwortete ihm.

Er faßte ihre Handgelenke, zog ihr die Hände vom Gesicht. O Gott, was muß ich ihr sagen, daß sie ruhig wird? dachte er verzweifelt.

„Ingrid, hör zu: Mein Leben ist nicht abhängig von einem Talisman. Mein Leben steht in Gottes Hand. Da ist Sicherheit. Da ist Ruhe!

O Ingrid, daß du mir die Abschiedsstunde so vergällen mußt."

Mit seinem Taschentuch versuchte er ihre Tränen zu trocknen. Sie rollten über ihre Wangen und wollten sich nicht stillen lassen.

„Vati, Mutti, das Auto ist da!" rief Holger. „Ein Mercedes, Klasse, sag' ich euch!"

„Ingrid, ist denn alles vergeblich gewesen, was wir täglich zusammen gelesen haben? Hat nichts in deinem Herzen ein Echo gefunden?"

Die Klingel schrillte.

Kurt ging zur Haustür, um zu öffnen. Ingrid eilte ins Schlafzimmer hinauf. Sie ließ den kalten Wasserstrahl in die hohlen Hände laufen, kühlte das tränenverquollene Gesicht.

Alles ging nun sehr schnell. Sie saßen im Wagen und fuhren durch die belebten Straßen zum Flughafen hinaus. Es blieb ihnen nur noch ein kurzer Augenblick unter vier Augen, als der Senior-Chef sich von seinem Sohn verabschiedete.

„Ingrid, sei ruhig und getrost. Noch einmal sage ich dir, mein Leben steht in Gottes Hand. Präge das in dein Herz hinein! Unser aller Leben steht in Gottes Hand. Laß dich nicht von toten Dingen ängstigen. Vertraue auf den lebendigen Gott."

Dann war die Glasscheibe der Ausgangstür zwischen ihnen. Sie sah ihm nach, wie er an der Seite des jungen Chefs über den Platz ging. Er stieg die Stufen zum Flugzeug hinauf, drehte sich noch einmal um und winkte ihr zu.

Das Flugzeug rollte über die Startbahn, weit, weit hinaus. Es kam ihr vor wie ein riesiges Insekt, das schwerfällig auf ungelenken Beinen dahinkroch. Jetzt erhob es sich, schnellte nach vorn, stieg hoch und höher, die plumpen Beine verschwanden im Rumpf.

„Kommen Sie", sagte eine freundliche Stimme. Kurts Chef hatte unbemerkt neben ihr ausgeharrt.

„Sie sollten nicht so traurig sein. Was heißt heute schon ,Amerika'! In ein paar Stunden ist er drüben. Und die Zeit vergeht so schnell. In wenigen Wochen haben Sie ihn wieder."

Ingrid ging neben ihm her zum Wagen. Sie antwortete nicht.

Eine heiße Angst würgte in ihrer Kehle.

Mama hatte sich auf die Zeit gefreut, die sie allein mit Ingrid verbringen würde. Nun gab es gleich am ersten Abend eine heftige Auseinandersetzung.

Frau Misgeld hatte ihre Tochter den ganzen Tag in Ruhe gelassen. Es war ihr verständlich und erschien natürlich, daß sie still und bedrückt durchs Haus ging. Wenn der erste Abschiedsschmerz überwunden war, würde sie wieder lachen und fröhlich sein.

Ingrid kämpfte den ganzen Tag mit dem Entschluß, Mama das Verschwinden der Silberdistel zu verheimlichen. Sie ahnte, sobald Mama das erfuhr, würde sie wieder unken und ihr keine Ruhe lassen.

Ihres Mannes Worte klangen in ihr nach.

„Mein Leben steht in Gottes Hand."

„Der dich behütet, schläft nicht."

„Vertraue auf den lebendigen Gott."

„Laß dich nicht von toten Dingen ängstigen."

Sollte das alles ein Nichts sein? Wie zuversichtlich es klang! Wie ruhig war Kurt gewesen! Nein, nein, sie durfte sich nicht wegen der verbrannten Silberdistel ängstigen.

Mama brachte ihre Pralinendose mit, als sie nach dem Abendessen ihre Handarbeit holte.

„Heute abend machen wir's uns recht gemütlich, Ingrid", sagte sie und schob der Tochter die Konfektschale hin.

Ingrid wickelte eine Praline aus, strich das Goldpapier glatt und sagte: „Kurt ist jetzt irgendwo über dem Atlantischen Ozean."

„Der leidet keine Not, mein Kind. Ich habe mir erzählen lassen, daß man im Flugzeug geradezu fürstlich reist, fürstlich, sage ich dir. Bedienung noch und noch. Wenn ich daran denke, als ich meine erste Reise machte. Haha. Vierter Klasse — so etwas gab es damals — harte Holzbänke! Und an jeder Station hielt der Zug. Damit verglichen, ist heute eine Fahrt im D-Zug schon fürstlich."

„Zu denken, hoch in der Luft. Über den Wolken. Und tief unten das Meer."

„Du mußt dir das nicht so deutlich vorstellen. Denke an die Silberdistel —"

„Hm."

Schweigen.

„Kurt sagte: Mein Leben steht in Gottes Hand."

„Ich kann mir denken, daß er nichts von einer Silberdistel hält. Er weiß ja auch nichts davon, und nichts von dem Efeu. Und wir wollen jetzt von etwas anderem reden."

Ingrid wollte aber nicht von etwas anderem reden. Ihr ganzes Denken war angefüllt mit Erwägungen und Befürchtungen, ihr Herz hin- und hergerissen zwischen Hoffen und Zagen.

Sie mußte davon sprechen.

„Kurt weiß von der Silberdistel."

„Wie? Du hast es ihm gesagt?"

„Er hat sie gefunden."

„Und?"
„Er hat sie verbrannt."
„Ingrid! Und das sagst du mir erst jetzt?"
„Ich weiß es erst seit heute morgen."
„Ja — und du sitzt hier und ißt seelenruhig Pralinen, als machte dir das nicht das geringste aus?"
„Oh, es macht mir schon etwas aus, Mama. Nur — wenn Kurt sagt: Mein Leben steht in Gottes Hand — Gott, ist das nicht mehr als eine Silberdistel?"
„So, darüber hast du wohl heute den ganzen Tag nachgedacht und überlegt, wie du mir den Hieb versetzen könntest?"
„Hieb versetzen? Ich will dir damit keinen Hieb versetzen, Mama. Ich kann nur das, was Kurt sagte, nicht vergessen und möchte mich daran halten. Bei dem, was du sagst, was die anderen Aberglauben nennen, fürchte ich immer, daß etwas dran ist. Warum soll bei dem, was Kurt sagt, nicht auch etwas dran sein?"
„Natürlich ist was dran. In Gottes Hand, na schön, das stimmt. Aber das heißt noch lange nicht, daß kein Mensch zu sterben braucht."
„Ich meine, man muß nur fest glauben, dann kommt Kurt bestimmt zurück, heil und gesund."
„Alle Menschen müssen sterben, dabei hilft aller Glaube nicht."
„Nun ja, einmal muß ich auch sterben. Aber warum soll ausgerechnet Kurt schon jetzt sterben? Er sagt, ich soll mich nicht von toten Dingen ängstigen lassen. Und der Efeu, ist das nicht ein totes Ding?"
„Mein Kind", Frau Misgeld sprach mit feierlicher Ruhe, „ich habe dich getröstet, als du neulich so erschrocken warst, du weißt ja. Und ich würde dich auch jetzt gern

trösten. Vielleicht ist es nicht ganz so schlimm, wie es mir im ersten Augenblick erschien, daß die Distel verbrannt ist. Verbrannt! Man überlege sich das! Du gehst in Nacht und Nebel hinaus, um deinen Mann zu retten —"

„Mama, ich habe mich heute den ganzen Tag herumgequält. Ich habe mir Kurts Worte unablässig vorgesagt, um ein wenig zur Ruhe zu kommen. Rede bitte nicht so pathetisch daher — Nacht und Nebel — es war übrigens Mondschein, heller Vollmond — was wollte ich nur sagen — ach, wir reden und reden, aber ich will nichts mehr hören! Ich will nichts mehr wissen, sonst komme ich um vor Angst!"

„Armes Kind! Das wird eine schwere Zeit für uns. Denke nur nicht, mich ließe das kalt. Und nun sprichst du so, als sei ich schuld daran, wenn du dich ängstigen mußt. Es ist ja nur die unglückselige Verwicklung der Dinge. Wie kam Kurt dazu, die Distel zu verbrennen? Warum hast du es geduldet?"

Ingrid faltete wieder an dem Pralinenpapier herum und begann zu erzählen. Sie schloß ihren Bericht mit den Worten: „Wir hätten uns wahrscheinlich quietschvergnügt gefühlt, wenn wir es nicht gewußt hätten. Aber nun machst du ein Drama aus der verbrannten Distel."

Mama erhob sich. Sie war beleidigt. Mit einem knappen „Gute Nacht" verließ sie das Zimmer.

Sie wußte, ihre Zeit würde schon kommen. Sie hatte Ingrid jetzt ja allein.

Nur zu schnell sollte ihre Zeit kommen.

Ingrid hatte vor dem Schlafengehen in das Andachtsbuch geschaut, ohne jedoch den angegebenen Bibeltext aufzuschlagen und zu lesen. Am Morgen, als sie mit den Kindern gefrühstückt hatte, fand sie die angegebene Stelle erst nach langem Suchen. Die Kinder wurden ungeduldig.

„Mutti, mach schnell, ich muß in die Schule", drängte Sibylle, und Holger kritisierte: „Na, weißt du, Mutti, Vati wußte viel besser Bescheid als du."

„Vati hat auch immer gelesen, daher weiß er besser Bescheid", entschuldigte sich die Mutter. „Wenn ich jetzt jeden Tag selbst in der Bibel blättere, finde ich es auch bald schneller."

Beim Vorlesen merkte sie dann, sie konnte den Kindern den Text nicht näherbringen. Es wurde ihr bewußt, daß sie bei der Andacht nur mit halbem Ohr hingehört hatte.

Hätt ich doch nur aufgepaßt, gestern und vorgestern und immer. Hätte ich gefragt, wie die Kinder, wenn ich etwas nicht verstand! Aber ich wollte nie fragen, weil es die Andacht verlängert hätte. Ich habe an das Mittagessen oder daran gedacht, daß Bäuerlein die Fenster putzen muß, fuhr es ihr durch den Sinn.

„Denn mit sehenden Augen sehen sie nicht, und mit hörenden Ohren hören sie nicht", las sie im Matthäus-Evangelium Kapitel 13, Vers 13.

Ja, ja, so war es mit ihr. Sie hatte gehofft, heute auf ein Bibelwort zu stoßen, das ihr ein wenig Trost gab. Enttäuscht legte sie die Bibel zur Seite und las die Betrachtung zum Bibeltext. Von verstockten Herzen war die Rede und von Gottes Liebe und Erbarmen; aber etwas, das daran erinnert hätte, daß unser Leben in Gottes Hand steht, davon war an diesem Tage nicht die Rede.

Holger hatte eine Frage: „Wenn man nicht hört mit den Ohren, ist das, wenn man sie zuhält?" Dabei preßte er seine kleinen Fäuste an die Ohrmuscheln.

„Ich kann das nicht so erklären wie Vati", antwortete Ingrid betreten.

Bille aber drängte schon wieder: „Los, Mutti, nun bete, ich muß weg. Wenn du so lange machst, muß ich gleich den ganzen Weg rennen."

Ingrid faltete die Hände. Sie hatte noch nie versucht, so wie es ihr ums Herz war zu beten. Sie sagte langsam, bemüht, feierlich zu sprechen, das „Vaterunser". Die Enttäuschung der Kinder kam unverhohlen zum Ausdruck, als sie „Amen" gesagt hatte.

„Erklären kannst du nicht, Mutti, das ist schade", begann Holger.

Sibylle ergänzte: „Ja, und mit deinem Beten ist auch nicht viel los."

Stärker als ihr Unwille war die Beschämung.

Ich hätte mir von Kurt sagen lassen sollen, wie man beten muß, dachte sie, als sie an ihre Arbeit ging. Die Gedanken ließen ihr keine Ruhe.

Nun war es zu spät, nun konnte sie ihren Mann nicht mehr fragen, nach der Andacht nicht und nicht nach dem Gebet.

Wenn er wieder zu Hause ist, werde ich mich um diese Dinge bemühen, um Bibelwort und Gebet. Wenn er wiederkommt — Hier setzten die Gedanken aus. Erschrocken lauschte sie der Frage, die dahinter stand, drohend, fühlbar: Und wenn er nicht wiederkommt?

Gegen neun Uhr ging sie hinauf zu Mama, die sonst um diese Zeit längst unten gewesen war, um die Tochter zu begrüßen. Ob sie zürnte wegen des Gespräches am vergangenen Abend?

Mama lag noch zu Bett.

„Bist du krank, Mama? Es ist schon spät."

„Ach, Kind, mein Herz. Ist ja auch kein Wunder nach all der Aufregung", kam es wehleidig heraus.

„Mama, ich wollte dich gestern abend gewiß nicht kränken. Versteh doch bitte —"

„Laß, Kind, ich bitte dich", wehrte Frau Misgeld ab.

Ingrid hob die Schultern.

„Ich werde dir Frühstück machen", sagte sie nach einer Pause und öffnete das Fenster.

„Danke, nein, ich stehe jetzt auf. Ah, frische Luft, das tut gut."

„Kann ich dir etwas helfen, Mama? Willst du nicht lieber erst etwas essen, ehe du aufstehst? Daß du nur nicht krank wirst! Gerade jetzt!"

„Man kann es sich nicht aussuchen, das Krankwerden und was es sonst noch gibt. Nun geh. Ich komme dann und frühstücke bei dir unten."

„Ja, Mama, das freut mich. Geht es auch? Nicht, daß du dich zwingst."

Wie wohl der alten Frau die Fürsorge ihrer Tochter tat.

Ingrid ließ Arbeit Arbeit sein und setzte sich zu Mama an den Frühstückstisch. Kein Wort fiel über das gestrige Gespräch. Und doch brannten Fragen auf Ingrids Zunge, auf ihrem Herzen.

Gegen Mittag rief Marianne an. Wie es ginge, und da Ingrids Antwort so kläglich klang, versprach sie, am Abend zu kommen.

Mama ließ ihre Tochter nicht mit Marianne allein. So unterließ Ingrid die Fragen, die sie gern gestellt hätte und unterließ jedes Gespräch, das Mama hätte erregen können. Wie gern hätte sie noch einmal so gute und tröstliche Worte gehört: Da ist Ruhe, da ist Sicherheit, der dich behütet, schläft nicht.

Marianne war von dem Zusammensein ebenso enttäuscht wie ihre Schwägerin.

Um Mama machte sich Ingrid in den nächsten Tagen viel Sorge. Sie ging im Haus umher mit langsamen, müden Schritten, saß im Sessel ohne eine Handarbeit, was direkt als Symptom aufzufassen war.

„Soll ich nicht Dr. Heinemann kommen lassen, Mama?" fragte Ingrid am dritten Tag.

Mama schüttelte den Kopf.

„Der kann mir nicht helfen, Kind."

„Warum soll er dir nicht helfen können? Man muß ergründen, was dir fehlt. Ich sehe mir deinen Zustand nicht länger tatenlos an."

„Kind, was mir fehlt? Kannst du dir nicht denken, daß mich die Sorge fast erdrückt? Ach, ich will dich nicht beunruhigen. Es ist genug, wenn ich mich quäle."

„Aber du beunruhigst mich vielmehr, wenn du so herumsitzt und ich nicht weiß, was eigentlich los ist."

„Ingrid, du mußt verstehen. Ich kann mich nicht von meiner eigenen Tochter verlachen lassen. Sei still und laß mich ausreden. Ja, du verlachst mich. Das kannst du nicht bestreiten. Du sagst, was Kurt dir eingeredet hat. Er konnte gut so reden, denn er weiß ja nicht, daß wir — daß ich das Zeichen kenne."

Ingrid hockte vor dem Sessel nieder und ergriff Mamas Hände.

„Bitte, sage nichts über Kurt. Er war so freundlich, so liebevoll. Und ich habe ihm mit meinem Jammer das Herz zum Abschied bestimmt schwergemacht. Er ist doch mein Mann! Meinst du, er sagt das nur so daher: ‚Mein Leben steht in Gottes Hand'? Wenn auch ich mich daran halten möchte, so verlache ich dich doch nicht."

Ein schmerzlicher Zug lag auf dem Gesicht der Mutter. „Ich will die Angst und die Sorge um dein Schicksal gern allein tragen, solange es geht. Du brauchst nicht zu glauben, was ich sage. Du wirst es noch früh genug erleben. Wenn man das Zeichen so genau kennt —"

„Das Zeichen, Mama", Ingrid stand auf. „Der Efeu, nicht wahr, das ist das Zeichen. Und die Silberdistel? Ist auch ein Zeichen oder so etwas Ähnliches, oder nicht? Und ich habe sie bei Vollmond um Mitternacht gepflückt, also? Hast du nicht selbst gesagt, alle Bedingungen seien erfüllt?"

„Er hat sie verbrannt."

„So, und nun hilft sie also nicht mehr?"

„Still, Kind. Wir wollen nicht mehr davon sprechen."

Ingrid war so erregt, sie vergaß alle Rücksicht.

„Gut, dann werfe ich den Efeu in die Mülltonne. Oder in die Heizung, hinter der Distel her. Dann kann er logischerweise auch nicht mehr schaden."

Triumph stand in ihren Augen.

„Es ist ein Zeichen, das bleibt", sagte Mama ungerührt.

„Mama, überlege doch, das widerspricht sich ja! Die verbrannte Silberdistel hilft nicht, weil sie verbrannt ist. Aber der Efeu, auch wenn ich ihn verbrenne —"

Mama erhob sich.

„Warum fragst du mich, wenn du mich doch nur verspotten willst? Ich weiß, dein Mann und seine Verwandten sehen in mir eine alte, dumme Frau. Sie wollen mich dir entfremden. Sie wollen einen Keil zwischen uns treiben. Daß man seine alten Eltern ehren soll, daran denken sie bei aller Frömmigkeit nicht."

Mama vergaß in ihrem Zorn völlig ihre Rolle als Kränkelnde.

„Du bist ungerecht, Mama. Gerade in letzter Zeit war

Kurt immer so nett und aufmerksam zu dir. Er sagte kein böses Wort über dich."

Frau Misgeld beachtete den Einwand nicht.

„Geh! Ich trage diese Sorge allein. Und wenn mir das Herz darüber bricht, verlachen lasse ich mich von der eigenen Tochter nicht. Oh, du wirst schon kommen, eines Tages, wenn du allein und verlassen bist mit deinen Kindern! Dann wird dir deine alte, verachtete Mutter gut genug sein."

Ingrid war bleich geworden.

„Warum bist du so ungerecht? Ich verachte dich gewiß nicht! Ich liebe dich doch! Und ich bin genauso in Sorge wie du. Aber wir wollen uns keine unnützen Sorgen machen. Laß dir doch erklären, wie Kurt und Marianne mir erklärt haben, daß es mit all den Dingen, die du merkwürdig und bedeutsam findest, nichts auf sich hat. Ich möchte..."

„Nein, es hat nichts auf sich, gar nichts. Das Käuzchen nicht und die Totenuhr nicht. Ich will es dir sagen, was mich in den letzten Nächten so stark beunruhigt hat. Ich habe sie wieder ticken gehört, die Totenuhr, genauso wie damals, als dein Vater starb. Und da fragst du, was mir fehlt?"

Ingrid war Mama gegenüber in einen Sessel gesunken. Sie atmete schwer. Die Worte der Mutter quälten sie. Sie wagte nicht länger zu widersprechen, um Mama nicht noch mehr herauszufordern. Was hätte sie auch antworten sollen?

Schweigend verließ Mama das Zimmer. Ingrid folgte ihr nicht.

„Ich hätte Kurt alles sagen sollen", flüsterte sie traurig, „damals auf der Wiese oder in der Nacht, als ich mit der Distel ankam, oder im Auto — auch jetzt, als er wegfuhr, wäre vielleicht noch Zeit dazu gewesen. Er hätte mir helfen können. Er hätte gewußt, was ich Mama jetzt antworten müßte. Nun ist er fort. Nun ist es zu spät."

Wie ein elektrischer Schlag traf sie jedesmal das „zu spät".

Mama kam nicht mehr auf das Gespräch zurück. Ingrid war das nur lieb, und sie vermied alles, was daran erinnern konnte.

Mama war fast immer in den Räumen der Tochter. Nur nachts zog sie sich in ihr Zimmer zurück, nachdem Ingrid ihr Angebot ausgeschlagen hatte, sie wolle bei ihr schlafen, wenn sie nicht gern allein sei.

Ingrid hatte wortreich nach einer Begründung gesucht, warum es besser sei, wenn jeder in seinem eigenen Bett schliefe. Frau Misgeld zeigte sich merkwürdigerweise nicht gekränkt.

Die junge Frau war froh, abends endlich allein zu sein. Mamas früher oft geübte Taktik, an das Orakel zu erinnern, ohne auch nur ein Wort darüber zu verlieren, wandte sie jetzt wieder an. Das war zermürbender als ein offenes Wort.

Als Kurts erster Brief kam, seufzte Mama geradezu aufreizend und demonstrativ.

„Wann ist der Brief abgeschickt?" fragte sie, und als sie hörte, drei bis vier Tage würden immer zwischen Absendetermin und Datum des Empfangs eines Briefes liegen, meinte sie, in vier Tagen könne viel passieren.

Ingrid war empört.

„Du wünschst wohl gar, Kurt möge etwas passieren, nur damit du mit deinem Efeuorakel recht behältst?"

„Wünschen?" wie sanft Mama sprach, „fürchten muß es heißen, mein Kind."

Bei den nächsten Briefen bemerkte sie nur beiläufig:

„So drei oder vier Tage sind die Briefe wohl immer unterwegs?" Die Gebärde des Mitleids, die sie dabei zur Schau trug, reizte Ingrid maßlos. Es wurde ihr schwer, sich zu beherrschen. Eigentlich schwieg sie nur aus Angst, Mama könnte wieder Dinge sagen, die sie unsicherer machen würden, als sie ohnehin schon war.

Kurt schrieb regelmäßig jede Woche. Meist kamen die Briefe dienstags oder mittwochs, und es wiederholte sich, was sie im vergangenen Jahr an Spannung durchgestanden hatte, als sie mit Marianne und den Kindern an der See war. Nur daß sich diesmal die Spannung erhöht hatte. Und diesmal war Mama um sie herum, vom Morgen bis zum Abend.

Mama mit übertriebener Sanftheit, wenn dienstags die Post den ersehnten Brief von Kurt noch nicht gebracht hatte, mit Hochziehen der Augenbrauen und Datumkontrolle des Poststempels, wenn er dann am Mittwoch eintraf.

Wie gern hätte Ingrid einmal mit Marianne allein gesprochen. Nie fand sich dazu eine Gelegenheit. Mama erschien auf der Bildfläche, sobald die Klingel einen Gast meldete, falls sie nicht ohnehin im Wohnzimmer bei ihrer Tochter saß. Wollte Ingrid abends oder sonntags zu ihrer Schwägerin gehen, war Mama beleidigt.

„Ist es nicht genug, daß sie hierherkommen, Marianne und ihre Mutter? Ich kann ja allein herumsitzen, das macht dir nichts aus."

Ja, es war wirklich schwierig mit Mama, aber Ingrid nahm Rücksicht und las abends im Schlafzimmer zum Trost ihres Mannes Briefe noch einmal, einen nach dem anderen. Sie hatte einen Ordner gekauft und heftete die Briefe regelmäßig ab. Der Ordner lag auf ihrem Nachttisch neben Andachtsbuch und Bibel.

Kurts Briefe, gleichviel, ob er einen ausführlichen Bericht gab oder nur kurz schrieb, klangen immer aus in Worten der Ermunterung, mit einem Hinweis auf den, in dessen Schutz er sich und die Seinen geborgen wußte.

Ingrid, geplagt von Mamas Art, die Furcht wachzuhalten, schrieb ihm einmal, sie sei trotz seiner zuversichtlichen Worte in ständiger Sorge um ihn. Müßten nicht auch die Leute sterben, die an Gottes Schutz und an seine Hilfe glaubten? Sie wiederholte damit bewußt Mamas Worte, um ihres Mannes Antwort darauf kennenzulernen.

Die Antwort kam, gab jedoch statt Trost den Anstoß zu neuer, ja, zu gesteigerter Sorge. Am Schluß eines ausführlichen Berichtes über seine Erlebnisse in der vergangenen Woche hieß es in seinem Brief:

„Um auf deine Zeilen zurückzukommen: Auch Leute, die an Gott glauben, müßten sterben. Ich möchte dir sagen, daß der Glaube an Gott keine Lebensversicherung ist. Der Glaube an Jesus Christus bewahrt uns weder vor Not und Anfechtung noch vor dem Tode. Auch mich nicht, mein lieber Schatz! Aber der Glaube bewahrt uns davor, daß wir in ständiger Furcht leben, daß wir den irdischen Dingen eine übergroße Bedeutung zumessen. Ich bitte täglich darum, daß du glauben lernen mögest, damit du, was dir auch immer begegnen möge, einen festen Grund unter den Füßen hast und froh, ohne Furcht durch das Leben gehst."

Diese Worte gaben Ingrid keinen Trost.

Marianne! Sie mußte mit der Schwägerin darüber sprechen. Ohne auf die forschenden Blicke ihrer Mutter zu achten, schob sie den Brief in den Umschlag zurück und ging zum Telefon. Sie bat Marianne, bald einmal zu kommen.

„Es genügt dir wohl nicht mehr, daß Brandstetters die Woche zweimal ‚vorbeikommen‘, wie sie es nennen, wenn sie zwei Stunden hierbleiben wollen und noch länger. Da steht wohl etwas im Brief, das ich nicht zu wissen brauche, Marianne aber erfahren muß."

Mama hatte bei diesen Worten bereits ihre beleidigte Miene aufgesetzt.

Ingrid schoß das Blut in die Wangen.

„Mama, sei nicht gleich eifersüchtig."

„Eifersüchtig nennst du es, wenn sich mein Herz vor Sorge verzehrt? Brandstetters machen sich bestimmt nicht so viel Gedanken um dich."

„Nein, sie stehen auf dem Standpunkt — wie soll ich es ausdrücken — Gottes Wille — hm — sie sind zufrieden mit Gottes Willen."

„Schön, man kann ja auch nichts dagegen tun. Sie sind schnell fertig mit allen Dingen. Sie ahnen nichts, während ich daran denken muß, wie es dich treffen wird, wenn..."

Sie brach ab.

„So ist das gar nicht mit Brandstetters, wenn sie sagen: ‚Wie Gott will' oder so etwas, ich kann es dir nicht erklären."

„Du hast zu deiner Schwägerin mehr Vertrauen als zu deiner Mutter. Das kränkt mich."

„Mehr Vertrauen zu Marianne? Nun gut, lies, was Kurt schreibt und sage mir, was ich daraus machen, wie ich mich damit trösten soll."

Sie reichte Mama den Brief und wies auf den letzten Abschnitt.

Frau Misgeld las aufmerksam und reichte das Blatt schweigend zurück.

„Nun?"

„Was soll ich dazu sagen? Du hältst in letzter Zeit häufig meine Meinung für Unsinn, darum möchte ich für mich behalten, was ich von diesen Zeilen denke", sprach's und verschwand in ihrem Zimmer.

Marianne, die an diesem Abend eine besondere Aussprache erwartet hatte, war enttäuscht. Ingrid sagte, sie habe „nur so" angerufen.

Februar und März vergingen trotz allem schneller, als es sich Ingrid beim Abschied vorgestellt hatte. Schon schrieb man Mitte April. In vierzehn Tagen war Kurts Geburtstag. Wie er Ingrid mitteilte, wollte er sich bemühen, an diesem Tag daheim zu sein. Er sei jedoch von den Reiseplänen seines Begleiters abhängig.

Dieser Brief, am 6. April geschrieben, war bereits am 9. eingetroffen. Am folgenden Dienstag, genau vierzehn Tage vor dem Geburtstag, schaute Ingrid vergeblich nach dem Postboten aus. Je näher der 30. April rückte, desto unruhiger wurde sie. Ihr fehlte die Kraft, sich gegen Mamas Blicke und Seufzer zu wehren. Sie schwebte zwischen Furcht und Hoffen, und was sie sich selbst auch zum Trost sagen mochte, hinter allem stand ein drohendes „Aber..."

Mit ihren Gedanken ganz bei dem Brief, der ausgeblieben war, voll Sorge vor dem nächsten Tag, hatte Ingrid keinen Blick für Sibylle, die nicht so munter war wie sonst, unlustig bei den Schularbeiten saß, nicht spielen und nicht essen mochte.

Nachmittags, als Kurts Mutter zu einem kurzen Besuch kam und nach ihres Sohnes letzter Mitteilung fragte, fiel es Ingrid schwer, sich zu beherrschen.

Blaß und mit dunklen Ringen um die Augen saß Sibylle am Mittwoch beim Frühstück. Ingrid las schnell und ohne Betonung die Andacht herunter. Die Bibellese hatte sie aufgegeben mit der Begründung, sie könne es den Kindern ja doch nicht richtig erklären. Wenn Vati wieder da sei, werde er das wie früher übernehmen.

Sie sah Sibylle nach, die langsam die Straße entlangtrottete. Ihre Gedanken waren mit dem Briefträger beschäftigt, der um die Ecke kommen mußte, um die das Kind eben verschwand. Es war noch viel zu früh für den Postboten, aber Ingrid lief immer wieder ans Fenster. Es war ihr unmöglich, bei der Arbeit zu bleiben.

Endlich sah sie den Postboten kommen. Wie ihr Herz schlug. Jetzt mußte der erwartete Brief kommen. Sie stand an der Tür, ärgerlich und erregt, weil der Postbote sich länger, als sie wünschte, im Nebenhaus aufhielt.

„Heute nur eine Drucksache, Frau Brandstetter", sagte er.

„Kein Brief?"

„Vielleicht heute nachmittag!" Er ging schon weiter.

„Nachmittags kommt nie Luftpost", rief sie ihm nach. Er zuckte die Achseln. Sie lehnte sich an den Türpfosten und sah gedankenverloren auf die Drucksache in ihrer Hand.

Mama stand in der Diele, als sie ins Haus trat.

„Nichts?" fragte sie, die Augen weit aufgerissen.

„Mama!"

„Kind — Kind — reg dich nicht auf."

„Haha, nicht aufregen! Oh, du weißt genau, wie mir zumute ist!"

Alles war mit einem Schlage wieder lebendig: Käuzchen und Totenuhr, dreizehn am Tisch, Efeu — Silberdistel —

„Oh, hätte er nur die Silberdistel nicht verbrannt!"

„Kind, vielleicht — ach vielleicht ist es doch nicht so schlimm, wie wir fürchten. Es kann ja nicht ganz umsonst gewesen sein, daß du bei Nacht gegangen bist —"

„Laß mich, Mama, es bringt mich um. Ich hätte sie besser

verstecken sollen — ich — ich — ich sterbe, wenn morgen keine Nachricht kommt."

Sie lief in ihr Schlafzimmer, blätterte in ihres Mannes Briefen.

„In Gottes Hand —", wie oft stand es da. Aber das andere Wort warf seinen Schatten darauf, das Wort, daß der Glaube keine Lebensversicherung sei.

Mittags — Mama hatte das Kochen übernommen — schob Sibylle ihren Teller zurück, kaum, daß sie ein wenig gekostet hatte.

Ingrid beachtete es nicht. Sie selbst mochte auch nichts essen. Als Mama die Bemerkung fallen ließ, was sie gekocht habe, scheine nicht zu schmecken, schalt sie mit dem Kind, ließ es aber dabei bewenden, daß Sibylle nur ein wenig Kompott löffelte.

Beim Abendessen schob Sibylle ihr Butterbrot dem Bruder zu und aß nur den Saft vom Pudding. Die Mutter übersah es. Ihre Hoffnung, der Brief würde entgegen der üblichen Postzustellung am Nachmittag doch noch kommen, hatte sich nicht erfüllt. So war sie am Abend wie betäubt von der quälenden Angst, die mit jeder Stunde wuchs.

Die Kinder lagen schon im Bett, als Marianne erschien. Sie erschrak vor Ingrids Erregung. Es kam genau wie seinerzeit zu einem hysterischen Ausbruch, als Marianne ihr tröstlich zureden wollte und eine harmlose Erklärung für das Ausbleiben des Briefes zu geben suchte.

„Du entsinnst dich sicher noch, alle Sorge stellte sich damals als unbegründet heraus."

„Ja, und nun sage nur noch, sein Leben steht in Gottes Hand", schrie Ingrid förmlich. „Ich habe es oft genug hören müssen. Aber Kurt hat selbst geschrieben, daß ihn das nicht vor dem Tode bewahrt. Was weißt du schon — was wißt ihr alle? Nichts, nichts wißt ihr! Weißt du noch die Sache mit den Warzen? Da hast du gestaunt und wußtest nichts zu sagen. Aber nein, alles ist Aberglaube. Und gelacht wird darüber. Ich weiß, was ich weiß, und niemand kann mir einreden, es hätte nichts zu bedeuten, was Mama sagt! Und er geht hin und verbrennt die Blume!"

Marianne, bestürzt darüber, welche Triumphe der Aberglaube hier wieder feierte, versuchte der Sache auf den Grund zu gehen, ohne Rücksicht auf Ingrids Mutter.

„Welche Blume?" fragte sie.

„Die Blume, die ich ihm gepflückt hatte, mitten in der Nacht, jawohl! Geh du einmal durch ein fremdes Haus, an einem fremden Ort um Mitternacht hinaus auf die Wiese —"

Sie unterbrach sich. Hatte sie zuviel gesagt? Würde Marianne dem Bruder, der Mutter davon erzählen? Nur einen Augenblick zögerte sie, dann fuhr sie unter Tränen fort: „Und dann schreibt er, daß ihn Gott nicht vor dem Tode bewahren könne, da soll man ruhig bleiben und gleichgültig sein, wenn keine Post kommt!"

Vorsichtig tastete sich Marianne weiter.

„Du solltest dich aussprechen, das erleichtert das Herz. Was war da mit einer Blume, die du nachts gepflückt hast?"

„Du glaubst ja doch nicht, was damit zusammenhängt. Ich weiß es, und Mama weiß es, das genügt mir. Ich brauche mein Herz nicht zu erleichtern. Ich bin nicht allein mit meiner Sorge. Mama weiß alles, Mama versteht mich auch."

Frau Misgeld stand auf. Wie sie sich reckte! Welcher Glanz in ihren Augen lag. Sie legte die Hand auf Ingrids Schulter und sagte: „Ja, ich verstehe dich. Wir tragen zusammen, was auch kommen mag."

Marianne sah ein, jedes weitere Wort würde es nur schlimmer machen. Traurig verabschiedete sie sich.

Auch am Donnerstag traf keine Nachricht von Kurt Brandstetter ein.

Sibylle kam vorzeitig aus der Schule zurück.

„Das Fräulein hat mich nach Hause geschickt." Die Kleine sah die Mutter verzagt an, die nicht gerade liebevoll dreinschaute.

Es war nicht mehr zu übersehen, Sibylle war krank.

„Was ist dir denn?" Ingrid runzelte die Stirn. „Das fehlt mir gerade, werde du noch krank!"

Das Kind wagte nicht zu sagen: Ich habe Halsschmerzen. „Ich bin so müde", klagte es nur.

„Willst du dich auf die Couch legen?"

Ohne eine Antwort abzuwarten, schob die Mutter das Kind ins Wohnzimmer. Sibylle ließ die Schultasche zur Erde gleiten, streckte sich auf der Liege aus und drehte sich zur Wand.

„Deine Tasche hättest du wohl noch an ihren Platz tun können", tadelte Ingrid.

Das Kind gab keine Antwort. Es war so müde, so elend, und nun kam noch die Traurigkeit hinzu, daß Mutter so böse war.

Ruhelos lief Ingrid durch Haus und Garten. Bäuerlein wirtschaftete in den oberen Zimmern.

„Sie werden gewiß allein fertig, Bäuerlein. Ich habe keine Ruhe, etwas anzufangen."

Die Aufwartefrau hatte schon am Morgen hören müssen, was Ingrid beunruhigte.

„Von so weit her", versuchte auch sie zu trösten, „da kann ein Brief schon mal ein bißchen länger unterwegs sein."

„Ach Bäuerlein, das sagen Sie so", meinte Ingrid, „bis jetzt ist noch kein Brief später als mittwochs gekommen. Es ist bestimmt etwas passiert."

Beim Mittagessen war Sibylle nicht zu bewegen, etwas zu genießen.

Mama meinte: „Ich glaube, es ist besser, wenn du das Kind zu Bett bringst. Mit einem Unglück hätten wir gerade genug."

Wie sie das sagte! Ingrid lief es kalt über den Rücken.

„Mama, du glaubst —?"

Frau Misgeld hob die Schultern.

„Ich denke immer, es kann nicht ganz vergeblich gewesen sein, zumal du die Silberdistel —", ein Blick auf die Kinder ließ sie schweigen.

„Man muß warten und das Beste hoffen", sagte sie nach einer Weile.

Kaum lag Sibylle im Bett, hatte Ingrid das Kind schon vergessen. Nie konnte sie später verstehen, wie sie so gedankenlos, so zerfahren hatte sein können.

Sie lief in den Garten und wieder ins Haus, störte Mama beim Mittagsschlaf, um von ihr zu hören, immer wieder und noch einmal, was sie davon hielte, wie sie sich erklären könne, daß heute, am Donnerstag, noch keine Post von Kurt da sei.

In der folgenden Nacht schlief Ingrid kaum. Sie versuchte zu beten, aber es gelang ihr nicht. „Mit deinem Beten ist nicht viel los", meinte sie zu hören; die Kinder hatten recht, gestand sie sich in ihrer Ratlosigkeit und Verzweiflung ein.

Sie blätterte in Kurts Briefen, suchte nach den Worten der Ermunterung wie schon oft, und immer wieder kamen ihr die Worte dazwischen „ . . . keine Lebensversicherung". Ihr Herz blieb trostlos und leer.

Mitten in der Nacht hörte sie Sibylle rufen.

„Mutti, ich habe Durst."

Ingrid stand auf.

„Bille, du schläfst nicht? Warte einen Augenblick, ich hole dir etwas zu trinken. Dann mußt du schön schlafen."

Sie lief in die Küche hinunter und holte Saft.

Als das Kind getrunken hatte, mahnte sie noch einmal: „Nun schlaf auch, Bille." Nach der heißen Stirn des Kindes fühlend, fügte sie hinzu: „Du darfst nicht krank werden!"

Bille wollte gewiß nicht krank werden. Sie wußte noch so gut, wie Kranksein war.

„Kriege ich wieder Scharlach, wenn ich krank werde?" flüsterte sie.

„Nein, Bille, bestimmt nicht. Scharlach bekommt man nur einmal."

Die Mutter ließ die Tür zum Kinderschlafzimmer weit offen und kroch wieder unter die Decke. Sie mußte daran denken, wie sie Sibylle vor zwei Jahren ins Krankenhaus gebracht, wie sie zwischen Furcht und Hoffnung geschwebt hatten. Mama war zu jener Zeit verreist gewesen. Jetzt noch in der Erinnerung fühlte Ingrid, wie erleichtert sie damals deswegen gewesen war. Warum behielt es Mama nicht für sich, wenn sie ein Unglück befürchtete? Warum ängstigte Mama sie so sehr mit ihren Andeutungen?

„Mutti, Durst!"

Ingrid lief hinüber.

Ich muß morgen den Arzt kommen lassen, dachte sie und hielt dem Kind das Glas an die Lippen.

Sie trat ans Fenster und sah in den Garten hinaus. Da lag das Mondlicht auf dem Rasen, genau wie in jener Nacht, als sie die Silberdistel holte. Breite Streifen des Mondlichtes leuchteten zwischen dem Schatten der Bäume, wie weiße

Laken — Sterbelaken. Ingrid schüttelte sich und ging ins Zimmer zurück. An den Fingern zählte sie ab, wieviel Tage es noch bis Kurts Geburtstag waren.

Zwölf Tage — was konnte alles in zwölf Tagen geschehen!

„Laß dich nicht von toten Dingen ängstigen", ging es ihr durch den Sinn. Oh, wie sie sich ängstigte! Sie hatten gut reden, Marianne und Kurt und ihre Mutter. Sie hatten nicht von Kindheit an gehört, was eine schwarze Katze bedeutet, die über den Weg läuft; daß man einen Toten nicht über Sonntag im Haus liegen lassen durfte — nein, sie wollte nicht an Tote denken.

Leben! Leben! Leben! „O Gott, lieber Gott, laß ihn leben!" stammelte sie und krampfte die Hände ineinander.

Endlos schien ihr die Nacht.

Erst beim Morgengrauen sank sie in Schlaf.

Sie erwachte spät.

Holger hatte sich zu seinem Bär Sibylles Puppe ins Bett geholt.

Sibylle lag mit heißen Wangen und fieberglänzenden Augen und sah die Mutter hilflos an.

Im Morgenrock eilte Ingrid hinunter ans Telefon. Sie hörte nicht hin, als Mama sagte, sie habe sie nicht wecken wollen.

Da war auch schon der Postbote. Wieder kein Brief?

„O Gott, bitte nicht auch noch Sibylle", stöhnte Ingrid.

Mama sah ihr entgeistert nach. Was war mit dem Kind, daß Ingrid so eilig den Arzt rief?

Wie lange es dauerte, bis der Arzt kam! Und dann stand er vor ihr, Vorwurf in Ton und Blick: „Ich bitte Sie, Frau Brandstetter, warum haben Sie mich nicht schon früher gerufen?"

Ingrid befiel ein leichter Schwindel, als sie die Diagnose hörte: Diphterie.

Bald fuhr der Krankenwagen vor, und wie vor zwei Jahren wurde Sibylle hinausgetragen.

Mama stand auf der Diele, als die Sanitäter mit der Trage auf die Haustür zugingen.

„Nicht mit den Füßen zuerst!" schrie sie entsetzt. Die Männer verzogen die Mundwinkel, wandten jedoch die Trage mit dem Kinde um.

Ingrid, sie hielt die Tür offen, hörte einen Träger sagen, als sie das Kind in den Wagen hoben: „Die Alte scheint abergläubisch zu sein. Sie brächte es wahrscheinlich fertig, uns die Schuld zuzuschieben, wenn das Kind stirbt."

Ingrid wankte.

„Nana, Verzeihung, junge Frau", fuhr er fort, „das war nicht für Sie bestimmt. Steigen Sie ein. Sie wird schon gesund werden, die Kleine."

Als Ingrid allein aus dem Krankenhaus zurückkehrte, überfiel sie ein Grauen. Ihr war, als sei Sibylle schon gestorben.

Keines klaren Gedankens fähig, hatte sie im Wartezimmer des Krankenhauses gesessen. Schier endlos hatten sich die Minuten gedehnt, bis der Arzt erschien, um ihr das Resultat der Untersuchung mitzuteilen. Er kannte Sibylle von ihrer Erkrankung vor zwei Jahren und auch die Mutter.

Sie hatte vor ihm gestanden mit wankenden Knien.

„Werden Sie mein Kind retten, Herr Doktor?"

„Ich bin nur ein Mensch, Frau Brandstetter", war seine Antwort, „wir tun hier, was in unseren Kräften steht. Ich frage mich nur, wie Sie so lange warten konnten, ehe Sie den Arzt riefen. Sibylle muß schon ein paar Tage nicht in Ordnung gewesen sein. Das können Sie unmöglich erst heute morgen festgestellt haben."

Kein Wort war über ihre Lippen gekommen, wie gelähmt war sie.

Mama bedrängte sie mit Fragen.

„Laß mich in Ruhe, Mama, laß mich allein. Wenn das Kind nicht wieder nach Hause kommt, ist es meine Schuld. Vor lauter Sorge um Kurt habe ich Sibylle vernachlässigt. Es ist Gottes Strafe, wenn Bille stirbt. Was soll ich Kurt sagen, wenn er fragt, warum ich so lange gezögert habe, den Arzt zu rufen?"

Frau Misgeld hatte jetzt nicht den Mut zu sagen: „Wenn er überhaupt heimkommt." Sie war selbst von Sorge und Unruhe geplagt. Nun kam die Selbstanklage der Tochter dazu. Was sollte sie darauf erwidern? Nichts, nichts wußte sie, womit sie hätte trösten können. Kein gutes Omen stand ihr zur Verfügung.

Am Abend kam Marianne. Ingrid hatte ihr telefonisch Bescheid gesagt. Schweigend und tief bewegt hörte die Schwägerin Ingrids Jammer an, die heute keine Rücksicht auf ihre Mutter nahm. Die Last, die auf ihr lag, war zu schwer geworden, die doppelte Last, die Sorge um das Kind und das Bewußtsein der Schuld. Ohne sich Rechenschaft darüber zu geben, war der Gedanke an Kurt ein wenig in den Hintergrund geraten.

„Ich muß dir alles erzählen, Marianne, damit du begreifst, wie es möglich war, daß ich Billes Zustand übersehen konnte. Wenn du es von Anfang an weißt, wie es gekommen ist und sich bis heute entwickelt hat, wirst du mich vielleicht entschuldigen. Ach nein, das kann niemand entschuldigen! Keine Post von Kurt, und nun der Gedanke, daß Sibylle... weil ich..."

In einem Schluchzen erstickte ihre Stimme.

Schweigend verließ Frau Misgeld das Zimmer, als Ingrid ohne Rückhalt zu erzählen begann vom Zwergefeu und der grausamen Prophezeiung, die Mama ausgesprochen hatte, von der Silberdistel und ihrem Kampf gegen Mamas Voraussagen, von ihrem Schwanken zwischen Zuversicht und Glauben-wollen und der unbegreiflichen Macht, die Mamas abergläubische Reden auf sie ausgeübt hatten.

„Marianne, wenn ich es auch nicht glauben will, die Angst hat mich gepackt, und ich frage mich immer wieder, ob Kurt zurückkommen wird, ob Sibylle am Leben bleibt. Warum nur habe ich viel mehr auf Mama gehört, statt auf das, was Kurt morgens aus der Bibel vorlas? Warum habe ich mich nicht an das gehalten, was er mir als Trost empfahl, habe nicht versucht, beten zu lernen, als mir die Kinder sagten, mit meinem Beten sei nicht viel los? Sie haben ja recht! Hätte ich doch versucht, es besser zu machen! Nun möchte ich, daß es mich tröstet, wenn ich bete, aber es hilft mir nicht im geringsten. Bete du, Marianne, ich bitte dich, bete, daß meine kleine, süße Bille nicht so arg leiden muß, wenn sie schon sterben soll. Aber sie darf nicht sterben, sie darf nicht! Und Kurt muß wiederkommen, schon deshalb, damit Mama nicht recht behält, damit sie nicht sagen kann, sie habe es gewußt und es sei der Efeu gewesen."

Aufgelöst in Schmerz und Jammer saß Ingrid schluchzend im Sessel.

Marianne legte den Arm um die zitternde Gestalt.

„Armes Herz, wie nutzlos hast du dich gequält", sagte sie teilnahmsvoll.

„Marianne, wie soll ich weiterleben, wenn Sibylle stirbt?

Nie wird mir Kurt verzeihen, daß ich in meinem Wahn so nachlässig war."

„Ingrid, noch dürfen wir hoffen, daß Sibylle durchkommt. Solange sie atmet, solange ist Hoffnung vorhanden. Und wenn es Gottes Wille ist, daß sie uns genommen wird, so wird Kurt es dir nicht noch schwerer machen, es zu tragen."

„Kann ich denn jemals wieder froh werden, wenn wir Bille nicht behalten dürfen? Immer werde ich daran denken müssen, daß es meine Schuld ist, meine Schuld! Und ich kann es nie — nie wieder gutmachen."

Marianne hielt den Atem an. Schuld! Ingrid sagte: „Meine Schuld!"

„Jetzt das richtige Wort — Vater im Himmel — schenke mir das rechte Wort für sie", betete sie in ihrem Herzen.

„Gutmachen — ach — als ob wir jemals etwas wieder gutmachen könnten."

Marianne sprach ganz langsam, leise, fast flüsternd. „Wir sind alle in der gleichen Lage, Ingrid. Wer hätte nicht irgendwann einmal irgend etwas gesagt oder getan, was man rückgängig, was man ungeschehen machen möchte, und weil das nicht möglich ist, wiedergutzumachen wünschte. Sieh, das ist es ja — darum mußte Jesus sterben, weil wir nichts wiedergutmachen können. Verstehst du, wie ich es meine?"

„Oh ja, ich verstehe schon. Jetzt verstehe ich es. Damals, als Kurt mir von dem Unglück auf dem Bau erzählte, verstand ich es nicht. Verdammt in alle Ewigkeit, sagte er. So komme ich mir jetzt vor."

„Und hat er dir nichts gesagt von der Erlösung? Von der Erlösung durch unseren Heiland Jesus Christus?"

„Ja, Marianne, aber mir nützt das nichts. Ich habe immer so großartig getan. Ich habe immer gemeint, so schlimm sei es nicht mit mir. Nun bekomme ich keinen Trost daraus. Du kannst dir nicht denken, wie schrecklich es ist, die kranke Bille, krank durch meine Schuld. Du sagst ja selbst, ich kann es nicht gutmachen. Nein, nein, nein, du kannst reden, was du willst, es wird alles nur schlimmer dadurch. Und euer Heiland rettet mich auch nicht daraus."

„Ingrid, nur er rettet dich daraus. Bitte ihn darum, er wird dir die Augen öffnen für sein Erbarmen, für seine Gnade, für seine Erlösung."

„Du bist lieb, Marianne, du willst mir helfen, mich trösten. Aber von all den guten Worten wird meine Bille nicht gesund, und ich fühle mich genauso schuldig wie zuvor. Ich kann mich über das, was nun über mich hereinbrechen wird, nicht beklagen und will es nicht. Es geschieht mir recht. Ich habe mich nicht um Gottes Wort gekümmert. Eure Worte und Ermahnungen wegen des Aberglaubens habe ich in den Wind geschlagen. Kein Wunder, daß Gott mich straft. Ich bin so mutlos, so traurig, so unglücklich. Und dabei komme ich nicht los von der Furcht, Mama könnte mit dem Efeu doch recht haben, gerade jetzt, da ich ohne Nachricht von Kurt bin. Wenn ich mir auch hundertmal sage, es ist Unsinn, es ist dummer Aberglaube; die Angst bleibt. Du kannst dir nicht vorstellen, wie tief das in mir wurzelt. Ich komme einfach nicht los davon, und kein Mensch kann mir helfen."

„Nein", Marianne war sehr ernst, „dir kann nur Gott helfen. Bitte ihn darum."

An einem seidenen Faden hing Sibylles Leben. Ingrid ging durch die Tage wie betäubt. Am Samstagmorgen war eine bunte Ansichtskarte von ihrem Mann gekommen. In einem Tränenstrom löste sich ihre Spannung. Welch einfache Erklärung der Postverzögerung. Kurt schrieb, vor der Rückreise häuften sich die Besichtigungen, Besprechungen und Einladungen, daß ihm zum Briefschreiben keine ruhige Stunde mehr bliebe. Sie möge sich bis zum Wiedersehen mit Kartengrüßen begnügen.

Recht von Herzen freuen konnte sich Ingrid natürlich nicht. Ein leiser Trost war es, eine Beruhigung, diese Karte in der Hand zu halten, Kurts knappe Worte lesen zu können.

Mechanisch erledigte sie die Pflichten des Tages. An den großen Hausputz, der vor ihres Mannes Heimkehr geplant war, dachte sie nicht mehr, und Bäuerlein mochte nicht daran erinnern. Auf allen im Haus lag ein Druck, selbst Holger, der nach der Schutzimpfung einen Tag recht wehleidig gewesen war, spielte nicht so vergnügt wie sonst, sondern schlich hinter seiner Mutter her, wohin sie auch ging.

Ingrids Herz war erfüllt von Schuldbewußtsein, ihre Gedanken beherrschte die Furcht vor dem, was kommen würde. Mit Mama sprach sie nur über nebensächliche Dinge, wenn sie von Sibylles Befinden berichtet hatte.

Frau Misgeld wagte nicht, an irgendeine Frage zu rühren, die Ingrid noch mehr hätte beunruhigen können. Sie selbst war ganz erfüllt von der Spannung, ob Kurt Brandstetter, ihr Schwiegersohn, wohlbehalten zurückkommen würde. Sie zählte die Tage und suchte nach einer Erklärung, wieso diesmal vielleicht das Unglück ausblieb. Sie würde dann ja auf diese Frage Antwort geben müssen.

Fünf Tage vor Kurts Geburtstag kam eine Karte, auf der er sein Kommen für bald in Aussicht stellte.

„Vielleicht ist dein nächtlicher Gang um die Silberdistel

doch nicht vergeblich gewesen", sagte Mama, als Ingrid die Karte vorgelesen hatte.

Ingrid sprang auf.

„Still, ich bitte dich, sprich nicht davon. Ich will kein Wort mehr darüber hören!"

Die Finger in die Ohren gepreßt, lief sie aus dem Zimmer.

Frau Misgeld sah ein, sie konnte nur schweigen und warten. So sehr ihr sonst daran lag, recht zu behalten, angesichts der Not, die ihre Einzige litt, klammerte sie sich an den Gedanken, daß die Silberdistel ihre Wirkung zeigen möge, obwohl sie zu Asche verbrannt war.

Fünf Tage, vier Tage, drei Tage —

Auch Ingrid zählte sie. So sehr sie sich gegen den Gedanken an ein Unglück wehrte, sie wurde nicht frei von der Furcht, in letzter Minute noch könnte es geschehen.

Dazwischen waren immer die Gedanken und Sorgen um Sibylle. Als sie das Kind zum erstenmal hinter der Glasscheibe der Infektionsabteilung sehen durfte, war sie furchtbar erschrocken. Wie weiß, wie abgezehrt Sibylle aussah. Jeden Tag wiederholte sich das Erschrecken. Wurde das Gesichtchen nicht immer kleiner? Apathisch lag das Kind in den Kissen. Der kleine Mund mit dem bläulichen Schimmer blieb verschlossen, nur ein stiller Blick streifte die Mutter, die sich zu einem ermunternden Lächeln zwang.

„Hast du einen Wunsch, Bille? Womit kann ich dir eine Freude machen?"

Kaum, daß ein Kopfschütteln Antwort gab.

Ging Ingrid die Stufen dieses Hauses hinunter, das nach Seife und Desinfektionsmittel roch, war in ihrem Herzen die quälende Frage: Sehe ich das Kind morgen noch einmal lebend? Diesmal wurde die Ungewißheit nicht hervorgerufen durch den Aberglauben, sondern von sehr realen Tatsachen, von dem Anblick, den das schwerkranke Kind bot.

So schlichen die Tage dahin. Schlichen sie? Eilten sie? Ingrid gab sich keine Rechenschaft darüber.

Noch zwei Tage — noch einer —

Morgen hat Kurt Geburtstag. Morgen muß sich herausstellen, ob Mamas Orakel stimmt, ob wirklich etwas daran ist, dachte Ingrid am Morgen, als sie das Kalenderblatt abriß. Sie wagte nicht, Mama anzusehen. Kein Wort fiel zwischen den beiden, das die heikle Frage berührte, und doch waren sie nur mit dem Gedanken beschäftigt, was der Tag bringen werde, der mit wolkenverhangenem Himmel begann.

Sie sah zum Fenster hinaus. Wurde es nicht zusehends dunkler? Langsam, in großen Flocken begann es zu schneien. Ingrid schauerte zusammen. Mußte dieses Wetter nicht ein böses Omen sein? Mama trat neben sie ans Fenster. Ohne ein Wort zu sagen, wußten beide, daß sie den gleichen Gedanken hatten — „da webt es draußen ein großes Leichentuch."

Früher als sonst machte sich Ingrid heute auf den Weg zum Krankenhaus. Von Unruhe getrieben, litt es sie nicht zu Hause.

Der Schnee vom Vormittag war zergangen, die Straßen feucht und glatt. Sie wartete in den Anlagen des Krankenhauses auf die Besuchsstunde. Rastlos lief sie durch den Park. Da sah sie sich mit einem Male vor der Kapelle zwischen den einzelnen Pavillons der verschiedenen Kliniken. Sie las die Worte über dem Eingang: „Kommet her zu mir alle, die ihr mühselig und beladen seid, ich will euch erquicken!" Matth. 11, 28.

Tränen sprangen aus ihren Augen.

Wie mühselig sie war, wie beladen. Beladen mit Sorge und Angst, beladen mit Schuld, ach ja, mit dieser quälenden Schuld.

Langsam wandte sie sich der Infektionsabteilung zu.

Mühselig und beladen, dachte sie und fragte sich: Wie soll mir Erquickung werden?

Sie stieg die Stufen hinauf. Da war die Schwester, die Sibylle immer in den Raum hinter der Glaswand fuhr. Sie nickte ermunternd.

„Es geht ein klein wenig besser mit Sibylle, Frau Brandstetter", sagte sie und verschwand im Saal, um das Kind zu holen.

Ingrids Herz begann heftiger zu schlagen. Es ging besser? Durfte sie hoffen? „Ich will euch erquicken!" War das so gemeint? Ach nein, sie wußte mit einem Male, obwohl es ihr niemand gesagt hatte, es war viel gründlicher, umfassender. Zugleich fühlte sie, wie wenig sie damit anzufangen wußte.

Da wurde Sibylle herangerollt. Ein kleines Lächeln lag auf dem schmalen Gesicht.

„Bille, meine süße, kleine Bille! Es geht ein bißchen besser?"

Das Kind nickte.

„Hast du einen Wunsch? Ich möchte dir so gern eine Freude machen."

„Vati soll kommen."

So leise es gesagt war und trotz der trennenden Glasscheibe hatte die Mutter verstanden.

„Bille", ihr Atem ging schwer, nur mühsam beherrschte sie sich, um nicht in Tränen auszubrechen, „wenn Vati heimkommt, wird er dich gleich besuchen. Er hat schon geschrieben, daß er nicht mehr lange bleibt."

Sibylle nickte und schien zufrieden zu sein.

Ingrid wandte sich heimwärts. Das Herz blutete ihr. Sie stieg nicht in die Straßenbahn, sondern lief den weiten Weg, Straße um Straße. Sie achtete nicht auf den kalten Wind, spürte nicht den feinen, sprühenden Regen, der ihr das heiße Gesicht kühlte.

„Mühselig und beladen", sagte ihr wundes Herz, „mühselig vor Furcht, beladen mit Schuld. O Gott, ich möchte erquickt sein. Ich möchte kommen, kommen, wie es in dem Vers heißt. Wenn ich nur wüßte, wie ich es anfangen muß."

An diesem letzten Abend vor ihres Bruders Geburtstag kam Marianne, ahnend, daß die Schwägerin sie heute nötiger brauchen werde als je.

Sie traf Frau Misgeld allein im Wohnzimmer. Ingrid war noch bei Holger oben im Kinderschlafzimmer.

„Wollen Sie nicht nach oben gehen?" fragte Frau Misgeld.

Marianne wich aus.

„Ingrid wird gewiß gleich kommen."

Fast ohne es zu wollen, fuhr sie fort: „Nun ist ja die Zeit vorbei, die Sie für so kritisch und bedrohlich hielten. Morgen hat mein Bruder Geburtstag. So hat sich Ingrid ein ganzes Jahr lang für nichts geängstigt. Finden Sie nicht, Frau Misgeld, daß es beinahe grausam ist, jemand mit solchen unsicheren Voraussagen zu quälen?"

„Morgen!" Frau Misgeld hob den Kopf und reckte sich. „Wissen Sie, was heute geschehen sein kann? Und glauben Sie etwa, ich hätte nicht mit Sorge den Dingen entgegengesehen, die sich angekündigt haben? Ob Sie das nun glauben oder nicht, ich kenne die Zeichen! Aber wir wollen hoffen — toi, toi, toi —, daß alles gut gegangen ist. Die Silberdistel —"

In Marianne stieg der Zorn hoch.

„Entschuldigen Sie, wenn ich unterbreche. Der Efeu, beziehungsweise seine Bedeutung, die Sie ihm andichten, ist eine Ausgeburt überhitzter Phantasie, und mit der Silberdistel ist es nicht besser, auch wenn sie hundertmal in der Nacht gepflückt worden ist. Ihr Toi-toi-toi ändert nicht das Geringste in der Welt. Tatsache aber bleibt, daß Ingrid durch Ihre Reden in eine seelische Verwirrung gekommen ist, die man nur begreifen kann, wenn man bedenkt, daß sie sich solche Reden, wie Sie sie eben geführt haben, zeitlebens hat anhören müssen. Ich kann nicht verstehen, wie eine Mutter ihr Kind, ihr einziges Kind, das sie angeblich liebt —"

„Still! Wer gibt Ihnen das Recht, so mit mir zu reden? Sie, die Sie mir mein Kind entfremden, die Sie alles tun, die Neigung meiner Tochter zu mir zu zerstören und den Respekt, den sie mir schuldig ist, zu untergraben, o Sie — Sie —"

Die Frau hatte sich erhoben. In ihren Augen funkelten Tränen.

Da erschien Ingrid im Türrahmen.

„Mama, was ist geschehen? Ist etwas mit Kurt? Warum weinst du?"

Mama schüttelte den Kopf und ging an der Tochter vorbei zur Tür hinaus.

„Marianne, was hat das zu bedeuten?"

Marianne sah die Schwägerin traurig an.

„Das hat zu bedeuten, daß man im Zorn häßliche Dinge sagt, die niemand helfen und nichts besser machen. Ich habe deine Mutter eben gekränkt."

„Du und jemand kränken? Da muß es schon einen triftigen Grund gehabt haben."

„Ich kann nichts zu meiner Entschuldigung sagen. Ich habe mich deiner Mutter gegenüber unmöglich benommen. Am liebsten würde ich ihr nachlaufen und mich entschuldigen."

„Das laß lieber sein. Mama muß sich erst mal beruhigen. Ich glaube, wenn du jetzt zu ihr gingest, würde sie dich gar nicht anhören. Sie schien sehr erregt zu sein. Was hast du ihr gesagt?"

„Ich bitte dich, erspare mir, die Einzelheiten zu erzählen."

Eine Weile saßen die Frauen schweigend. Jede hing ihren Gedanken nach.

„Morgen hat Kurt Geburtstag", begann Ingrid endlich leise. Marianne wußte den schweren Seufzer gut zu deuten, der diese Worte begleitete.

„Ja", sie versuchte einen fröhlichen Ton, „wenn du es genau nehmen willst, so ist heute um Mitternacht der Efeuzauber aus, wie?"

Ingrid tat das leichte Lachen der Schwägerin weh. Ihr Blick verriet es.

Marianne fuhr ruhig fort: „Es kann sich nur noch um Tage handeln, dann ist er hier. Du solltest nicht mehr mit einem traurigen und verzagten Gesicht einhergehen. Sibylle geht es besser. Nun wird alles gut, und deine Tage werden wieder hell. Wir wollen froh sein und Gott von Herzen danken."

„Ich würde mich so gern freuen. Aber da ist so vieles, was mich daran hindert. Zuerst Bille. Wenn es dem Kind auch besser geht, wie sehr hat es gelitten, und es leidet noch. Und dann — wie soll ich Kurt erklären, daß ich so schlecht auf Bille geachtet habe?"

„Es gibt nur einen Weg, mit Kurt und auch mit Gott ins reine zu kommen. Das Bekenntnis."

„Niemals! Unmöglich!"

Unbeirrt fuhr Marianne fort: „Du wirst Kurt sagen, wie es gekommen ist. Die ganze Verwirrung, in die dich der unselige Aberglaube gestürzt hat, mußt du Kurt bekennen. Du wirst nicht frei davon, wenn du ihm nicht voll Vertrauen alles eingestehst. Er wird verstehen und verzeihen und dir helfen, wenn wieder einmal eine solche Not über dich kommt."

„Jene Nacht heraufbeschwören? Alles eingestehen? Was dabei das Schlimmste ist: dann erfährt Kurt auch, daß ich ihm nicht die Wahrheit gesagt habe."

„Ich glaube, das hat er ohnehin gemerkt."

„Soll ich ihn daran erinnern?"

„Er muß klar sehen, woher deine Angst, deine Nervosität, deine Ruhelosigkeit kommt."

Ingrid sah auf ihre Armbanduhr und bekannte: „Angst, Ruhelosigkeit, ja, auch jetzt quälen sie mich. Es ist schrecklich. Ich möchte den Aberglauben überwinden, und mit dem gleichen Atemzuge frage ich, ob Kurt diese letzten Stunden des verhängnisvollen Jahres lebend übersteht."

„Ingrid!" rief Marianne bestürzt.

„Marianne", flehte Ingrid, fast beschwörend, „Marianne, ich bitte dich, bleibe bei mir heute nacht. Geh nicht fort. Laß mich nicht allein. Mama kann ich nicht darum bitten, schlaf du bei mir diese Nacht. Oh, es ist gut, daß du Mama vertrieben hast. Ich könnte sie jetzt einfach nicht ertragen. Ich fürchte mich so sehr."

„Beruhige dich doch. Natürlich bleibe ich bei dir", sprach Marianne auf sie ein.

Da schellte das Telefon.

Fast gleichzeitig sprangen beide auf. Ingrid preßte die Hand aufs Herz.

„Wer ruft um diese Zeit an? Neun Uhr vorbei —"

Marianne war schon auf dem Weg zum Telefon.

„Sei doch nicht so furchtsam."

Wie ein weiter Weg kamen Marianne die wenigen Schritte vom Zimmer bis zum Telefon am Ende der Diele vor. Ja, es mußte etwas Besonderes sein, wenn um diese Zeit das Telefon schellte. Sie dachte an Sibylle. Für einen Augenblick wurde sie hineingerissen in den Wirbel der Furcht, die hier zu wohnen schien. Sie vermochte kaum klar zu denken.

Marianne hob den Hörer. Sie zwang sich zur Ruhe, aber ihr Herz schlug schnell.

„Ihre Nummer bitte?" tönte es aus der Muschel.

„Zwounddreißig — eins — einundvierzig —"

„Brandstetter?"

„Ja."

„Eine Telegrammdurchsage —"

Marianne wandte sich um, den Hörer ans Ohr gepreßt. Ingrid hielt sich am Türrahmen fest. Ihr Gesicht schimmerte grünlich im Licht des Wandarmes.

Atemlos lauschte Marianne. Ihr Gesicht leuchtete auf in heller Freude.

„Danke, danke!" rief sie und legte den Hörer auf.

„Er kommt, Ingrid, er kommt!" jubelte sie dann.

Zwölf Uhr dreißig am ersten Mai traf Kurt Brandstetter wohlbehalten auf dem Flughafen ein.

Das Licht der Straßenlaterne fiel ins Zimmer. Kurt Brandstetter saß auf der Lehne des Sessels und hatte den Arm um die Schulter seiner Frau gelegt.

Er wußte nun alles. Sie hörte sein Herz schlagen, fest, ruhig, gleichmäßig.

Sein Schweigen war mehr, als alle Worte hätten sagen können.

Wie wunderbar war es, nicht mehr allein zu sein mit der Not des Herzens. Wie wunderbar war es, verstanden zu werden.

„Noch etwas muß ich dir sagen", begann Ingrid nach einer langen Pause. „Sieh, ich habe Gott von Herzen gedankt, daß du wieder zu Hause bist. Ich glaube auch, er hat dich behütet, und ich brauche mich nicht mehr zu fürchten, vor nichts.

Und nun kommt das Schreckliche —", ihre Stimme wurde heiser — „im Innersten meines Herzens, ganz tief versteckt, da lacht es, da sagt eine heimliche Stimme — und ich muß hinhören, ob ich will oder nicht — diese Stimme sagt:,Vielleicht war es doch die Silberdistel!'"

Kurt Brandstetter war vier Wochen wieder zu Hause, als man Sibylle aus dem Krankenhaus heimholen konnte. Ingrid weinte vor Glück.

Wie ein Wunder erschien es ihr, Bille wiederzuhaben, sie neben Holger ins Bett zu legen, mit ihr am Tisch zu sitzen und ihr Lachen vom Garten her zu hören.

„Sie müssen das Kind sehr in acht nehmen", hatte der Arzt gesagt, ehe sie Sibylle mitnehmen durften. „Das kleine Herz hat so große Strapazen hinter sich. Vor zwei Jahren hat es der schwere Scharlach belastet, jetzt hat das Herz mit den Diphteriebazillen seinen Kampf gehabt, da sind Schädigungen der Herzklappen zurückgeblieben."

Ingrid hatte wissen wollen, ob Sibylle Schmerzen haben werde.

„Wenn das Herz zu stark beansprucht wird, wenn das Kind herumtollt, und Sie nicht dafür sorgen, daß es Maß hält, werden sich Schmerzen einstellen. Sorgen Sie dafür, daß das Mädel nicht überanstrengt wird, und dämmen Sie seine Lebhaftigkeit ein."

Das war nicht leicht, Sibylle ruhig zu halten. Das Kind vergaß zu schnell, was es gelitten hatte.

„Ich habe so lange im Bett liegen müssen, Mutti, laß mich nur einmal richtig schaukeln."

Die Mutter dachte, wenn Bille auf der Schaukel säße, könne die Anstrengung so arg nicht sein. So flog der kleine Körper hinauf und hinunter, hin und her, und Bille jauchzte. Bis sie plötzlich aufschrie: „Ich kann — nicht — mehr — haalt — halt — an —"

Matt lag sie dann in Ingrids Armen, schwer und mühsam ging der Atem.

„Bille, meine Bille, tut dir etwas weh?"

Sie streichelte das wirre Haar und bettete das Kind im Liegestuhl auf der Terrasse.

Sibylle, unfähig zu sprechen, nickte nur und legte die kleine Hand, die durchsichtig und zart geworden war, aufs Herz. Die Mutter lief ins Haus, die Herztropfen zu holen. Ihre Augen waren blind von Tränen. „Meine Schuld — meine Schuld — oh, meine kleine, arme Sibylle", flüsterte sie vor sich hin.

Die Liebe und Freundlichkeit aller trösteten sie sehr, halfen ihr aber nicht hinweg über die Klippe „meine Schuld".

Bille war ihr eine ständige Anklage. So sehr sie sich mühte, dem Kind alle Sorgfalt angedeihen zu lassen, es half ihr nicht.

Auch die morgendliche Andacht mit den Fragen der Kinder und dem Gebet ihres Mannes änderten nichts an der Bedrückung, unter der sie litt. Manchmal brach sich ihre innere Not Bahn, und sie sagte leise, indem sie sich an ihres Mannes Schulter lehnte: „Mir ist, als stände ich vor einer verschlossenen Tür. Ich weiß, dahinter ist das Glück, ist der Friede, ist Ruhe. Aber ich kann nicht hineinkommen."

„Klopfet an, so wird euch aufgetan", ermunterte Kurt seine Frau.

Sie antwortete mit einem Seufzer.

„Ach, wie ich mich danach sehne, frei zu sein, frei von der Angst, von der Schuld, frei von dem Aberglauben, der immer wieder so furchtbare Macht über mich hat."

„Ingrid, Jesus kann dich frei machen, nur er kann es. Wollen wir ihn nicht gemeinsam bitten, daß er dich völlig löst von der Macht, die dich bindet? Du brauchst ihr nicht immer und immer wieder hörig zu sein. Jesus hat sie besiegt. Seine Macht ist größer als alle Mächte, die dich ängstigen und bedrohen. Stell dich hinter Jesus, dann haben sie keine Gewalt mehr über dich!"

Ingrid neigte den Kopf. Sie wollte nichts anderes mehr als erlöst sein, erlöst von der Schuld, erlöst von der Angst, erlöst von der Macht des Bösen.

„Er ist es wert, Ingrid, daß du ihm vertraust."

Ja, er war es wert. Ingrid streckte ihre Hände aus und ergriff die Hand dessen, der mächtiger ist.

Sie legte alle ihre Schuld, aber auch ihre Angst in Jesu Hände, nahm seine Vergebung und den Zuspruch seines Wortes an und wurde darüber ganz still und getrost!

Am Abend, als Ingrid die Kinder zu Bett gebracht hatte, blickte sie eine Weile auf Sibylle nieder. Das Kind schlief fest. Es lag so still, daß man hätte meinen können, es sei für immer eingeschlafen. Nur an der Halsader sah man den eiligen Schlag des Herzens.

„Gute Nacht, Holger", flüsterte die Mutter. „Ich lasse die Tür offen. Wecke Sibylle nicht, dann geht es ihr morgen wieder besser."

Über den Korridor zur Treppe gehend, hörte sie heftiges Weinen.

Mama? Rasch ging sie hinüber.

Frau Misgeld saß am Fenster, beide Hände vorm Gesicht, schluchzte sie haltlos vor sich hin. Sie hob den Kopf nicht, als Ingrid die Tür öffnete.

„Mama!" Ingrid sagte es sehr leise und sehr sanft. „Weine doch nicht so sehr, meine liebe Mama."

„Ingrid", kam es unter Schluchzen heraus, „es ist nun mal so, und man kann es nicht wegreden. Ich muß es für mich behalten, weil du dich sonst zu sehr ängstigst. Marianne hat recht. Es ist schrecklich, so alt zu sein und mit all den Gedanken und Ängsten ganz allein."

Ingrid seufzte tief. Wie sollte sie Mama trösten?

Sacht legte sie die Hände auf die Schultern der Weinenden.

„Mama, es ist ja nicht der Spiegel", begann sie zögernd und nach den Worten suchend, die ihr noch im Herzen klangen, „es ist nicht der Efeu und die Silberdistel. Leben und Sterben kommen aus Gottes Hand."

Ingrid schaute über die Mutter hinweg und sprach langsam weiter: „Da ich das nun weiß —", und in diesem Augenblick wurde sie froh, daß sie nun begriffen hatte, was es heißt zu glauben, fuhr sie fort: „— weiß und glaube, ja, glaube, Mama, kann ich ganz ruhig und ohne Furcht sein."

Das Psalmwort kam ihr in den Sinn. Gestern hatte Kurt es gelesen, oder war es vorgestern? Leise, wie zu sich selber, kam es über ihre Lippen: „... Fürchte ich kein Unglück, denn du bist bei mir."

„Ingrid?"

„Ja, Mama!" Sie schaute der Mutter in die Augen. „Ich glaube es jetzt. Das ist wunderbar."

„Ingrid, aber es kann doch — jeden Tag kann doch etwas mit Sibylle passieren!"

„Ja, Mama, jeden Tag, jede Stunde kann etwas passieren, Bille und Kurt und mir und dir, allen, die wir lieben. Aber ich weiß, wir sind immer in Gottes Hand. Darum fürchte ich mich nicht mehr."

Frau Misgeld sah ihre Tochter an, als sähe sie sie zum ersten Male. Auf dem Gesicht, darin das Leid seine Zeichen gegraben hatte, lag ein neuer Zug.

Merkwürdig, grübelte die alte Frau, drüben liegt ihr krankes Kind, und sie sieht aus, als sei ihr ein großes Glück widerfahren.

Von der gleichen Verfasserin sind in unserem Verlag erschienen:

Du führst mich doch zum Ziele
238 Seiten, TB, Bestell-Nr. 13 187

Anke Birkheider kann ihren Vater nicht verstehen. Er will sie mit Knut Harmsen verheiraten, der auf dem Heidehof Landwirtschaftsgehilfe ist und wie ein Sohn gehalten wird. Sie empfindet einfach nichts für diesen verschlossenen jungen Mann. Alle Versuche, den Vater umzustimmen, schlagen fehl. So verläßt Anke auf den verführerischen Rat eines anderen den väterlichen Hof, zieht in eine Großstadt und erlebt dort – dreißig Jahre lang getrennt von Vater und Heimat – Höhen und Tiefen des menschlichen Lebens. Ausgerechnet ein verirrtes Kätzchen ist es, das Anke in tiefer Niedergeschlagenheit mit Menschen in Verbindung bringt, die ihr den Weg zu Jesus weisen. Das bewahrt sie zwar nicht vor weiteren Sorgen und Demütigungen; doch gewinnt sie immer mehr einen festen inneren Halt. Erst in letzter Stunde kommt es am Sterbelager des alten Vaters zur Aussöhnung zwischen den beiden, aber auch zu einer neuen, unerwarteten Lebensführung.
Die dem Leben nacherzählte Geschichte der bekannten Autorin zeigt sehr eindrücklich, daß Gottes Wege mit seinen Menschenkindern recht verschlungen erscheinen können, daß er aber nie sein Ziel mit ihnen aus den Augen verliert.

Mir wird nichts mangeln
208 Seiten, Geb., Bestell-Nr. 12 649

Eine Frau und Mutter sieht sich nach notvollem Geschehen immer wieder allein gelassen: Der Krieg nimmt ihr den Mann, den Sohn verliert sie durch dessen Karriere. Aber gerade in der Tiefe ihrer Einsamkeit erfährt sie die hindurchbringende Liebe Gottes, die allen Mangel ihres Lebens ausfüllt.

Eines Tages vielleicht
190 Seiten, TB, Bestell-Nr. 13 046
Die vordergründigen Wünsche einer reifen Frau führen nicht zu dem erhofften Ziel. In der Schule Gottes lernt sie, selbstlos und helfend dem zugetan zu sein, dessen Liebe ihr versagt bleiben muß.

Geliebte alte Dame
168 Seiten, TB, Bestell-Nr. 13 078
Eine Familiengeschichte, in deren Wirrungen und unheilvollen Verflechtungen die »geliebte alte Dame«, die Urahne der Familie, eine wichtige seelsorgerliche Rolle übernimmt.

Rätsel in Haus Hohenforst
188 Seiten, TB, Bestell-Nr. 13 094
Anlaß zu mancherlei Vermutungen gibt das von Geheimnissen umwitterte Schicksal einer »Neuen« im Altenheim. Die aber ist trotz ihrer gelähmten Beine ein fröhliches Menschenkind, dessen Glaube Ausstrahlungskraft hat.

Am Ende bist Du immer noch da
208 Seiten, TB, Bestell-Nr. 13 120
Schatten der Vergangenheit lasten auf einer sonst guten Ehe und Familie. Unlösbar scheint das Rätsel zu sein, das wie eine dunkle Wolke über dem Geschehen liegt. Befreiung und Freude kehren ein, als man nach der gütigen Hand Gottes fragt und merkt, daß Er immer noch da ist.

CHRISTLICHES VERLAGSHAUS GMBH STUTTGART